U0025900

（從時間順序來看，先說出這句話的人是我。是對方抄襲我才對。）

蘿絲
歐里亞納
_Roes Oriana
「我會成為
強大的國王。」
六六五號
_No.665

Shadow
阿爾法
_Alpha
伽瑪
_Gamma
希妲
_Eta
六六四號
_No.664
「只要妳做好這樣的覺悟，吾等發誓絕不會背叛妳。」

艾薩克
_Isaac
妮娜
_Nina
克萊兒・卡蓋諾
_Claire Kagenou
「右手隱隱作痛
的關係……
如果是我
就能感受……」

克莉絲汀娜・霍普
_Christina Hope
亞蕾克西雅・米德加
_Alexia Midgar
「繼續這樣下去
也只是
等死……」
鈴木・霍普
_Suzuki Hope
The Eminence in Shadow

妮娜
_Nina
「好久不見了，小老弟。」
潔塔
「我是——被吾主撿回來的柔弱小貓咪。」

愛麗絲・米德加
_Iris Midgar
「我的敵人是闇影。倘若有人企圖攔阻我，就算是親妹妹也不會放過。」
「你究竟背負著什麼……？」
克莉絲汀娜・霍普
_Christina Hope
The Eminence in Shadow

I can't remember the moment anymore.
Yet, I had desired to become "The Eminence in Shadow"
ever since I could remember.
An anime, manga, or movie? No, whatever's fine.
If I could become a man behind the scene,
I didn't care what type I would be.
Not a hero, not an arch enemy,
but the existence intervenes in a story and shows off his power.
I had admired the one like that, what is more,
and hoped to be.
Like a hero everyone wished to be in childhood,
"The Eminence in Shadow" was the one for me.
That's all about it.

The Eminence in Shadow

05

# 我想成為影之強者！

逢沢大介 作者
東西 插畫

05

我想成為影之強者！
Kadokawa Fantastic Novels

Not a hero, not an arch enemy,
but the existence intervenes in a story and shows off his power.
I had admired the one like that, what is more,
and hoped to be.
Like a hero everyone wished to be in childhood,
"The Eminence in Shadow" was the one for me.
That's all about it.

# The Eminence in Shadow

I can't remember the moment anymore.
Yet, I had desired to become "The Eminence in Shadow"
ever since I could remember.
An anime, manga, or movie? No, whatever's fine.
If I could become a man behind the scene,
I didn't care what type I would be.
Not a hero, not an arch enemy,

# 序章

潛伏於和平學園裡的黑影，學生失蹤事件！

The Eminence in Shadow
Volume Five
Prologue

The Eminence in Shadow

PROLOGUE

「勉強趕上了……」

走出米德加魔劍士學園的禮堂之後，我放心地吐出一口氣。白色氣息在早晨的天空中緩緩消散。

第三學期的開學典禮剛剛結束。

「真是的，你寒假都跑到哪裡去啦，席德？」

「就是啊。我們不是說好要一起去搭訕四越商會的大姊姊嗎？」

尤洛和賈卡的路人臉不禁讓人有幾分懷念。

「抱歉抱歉，因為我突然有急事得處理。」

奧里亞納王國的王位繼承戰，還有出乎意料的重返日本之旅。我的寒假幾乎被這些歡樂的活動給填滿了。

「你不在的時候，發生很多不得了的事……」

「就是啊。本人還被你姊姊掐住脖子……」

尤洛和賈卡以恨恨的語氣開口。

「你是說克萊兒姊姊？」

「她好像拚命在尋找你的下落。我都說不知道了，她還是拿劍戳我的頸子……」
「本人稱讚你姊姊很可愛，還說可以跟她交往，結果屁股差點吃她一劍……」
「噢，原來發生過這種事啊。抱歉抱歉。」
看來暫時不要靠近姊姊比較妥當。
「對了對了，說到不得了的事，聽說失蹤的前學生會長蘿絲，現在成了奧里亞納王國的國王，全國上下議論紛紛呢。」
「這件事我知道。」
哼哼哼。絕不會有人想到，是我引領她走向王者之路的。
在霸王誕生的背後，其實有著「影之強者」不為人知的介入——而他的真實身分，竟然是一介隨處可見的平凡學生。
這正是「影之強者」的醍醐味啊。
「還不光是這樣。奧里亞納王國好像出現了大量魔物，甚至差點被滅國。」
這件事我當然也知道。
因為引導、解決這一切的不是別人，正是「影之強者」啊。你們絕不會知道站在眼前的我，竟是這般優秀的演員吧。
「這樣一來，米德加王國大概會跟奧里亞納王國解除同盟關係了。」
嗯？
解除同盟關係？

「就是啊～沒想到前學生會長蘿絲選擇墮入惡人之路……世人絕不允許這樣的做法吧。」

「惡人之路？咦？此話怎說？」

「因為她召喚出大量魔物，殘忍殺害了正統王位繼承人，篡奪奧里亞納王國啊。根本是罪大惡極、足以在歷史上遺臭萬年的女魔頭。」

「她在學園裡的形象明明那麼好，沒想到竟然是會做出這種事的人～而且她還在武心祭上殺害自己的親生父親，真的是人不可貌相。不過倘若她堅持，本人也不是不能跟她結婚啦。」

「聽……聽你們這麼說，確實像個女魔頭呢……」

足以名留青史的霸王誕生故事，沒想到會進入反派路線。

好吧，這種發展應該也不錯。

撼動整個世界的極惡霸王，以及在背後操控一切的影之強者……真不愧是我，能這樣臨機應變修正方向性，實在是太完美了。

「而且前學生會長蘿絲還有一些奇妙的八卦呢。」

「沒錯沒錯。聽說她背地裡好像跟那個名叫闇影庭園的組織勾結——」

「喂，賈卡。再多說下去會很不妙喔。」

尤洛打斷賈卡的發言。

「噢，對喔。談論這個話題的人都會被消失。」

「嗯？你說被消失是什麼意思？」

「寒假期間這間學園有四名學生失蹤。據說這是之前一度占領學園的組織幹的好事。」

尤洛一本正經地回答之後，賈卡也以膽怯的嗓音開口：

「那些傢伙把企圖調查組織的學生全都解決了……」

「唔——他們會做這種事嗎？」

「嗯，應該是不會啦～」

賈卡突然擺出故作從容的態度。

「因為突然有學生消失無蹤，大家才會說什麼陰謀論。為了保險起見，騎士團也曾經介入調查，但是完全沒發現有人入侵學園的痕跡。」

「畢竟現在正值被當掉的學生逃避現實的時期啊。那些人不是失蹤，而是逃走了吧。賈卡，你的學分沒問題嗎？」

「嗚！本人算是低空飛過。你呢，尤洛？」

「我、我也算安全過關啊。席德呢？」

「我應該也沒問題……吧？」

「這、這樣啊，我們都能平安升級，真是太好了。」

「就就就、就是說啊。」

「沒錯。」

「話說回來，接下來要做什麼？」

「今天只有參加開學典禮，不用上課呢。回宿舍玩撲克牌怎麼樣？」

「咦，撲克牌？」

「就是這個！這是四越商會的新商品。」

尤洛一臉得意地從懷裡掏出我上輩子經常看到的那種撲克牌。她們竟然連這種東西都商品化了啊。

「是妮娜學姊給我的。來玩大富豪或梭哈吧！」

「席德今天是頭一次接觸撲克牌吧。我們就來讓他好好明白這個只有輸贏的世界到底有多麼嚴苛吧。」

「呵呵呵……那就得玩梭哈了。把他身上的現金全都榨乾吧。」

梭哈啊。

他指的應該是德州撲克的玩法吧。我曾經教過七影遊戲規則。

當時的她們因為所有錢全都被我贏走，一個個露出泫然欲泣的表情。真是段美好的回憶。

我是在指導那些孩子現實社會有多嚴苛，所以大撈一筆學費也是理所當然……但是她們的牌技馬上變得精湛，因此再也沒跟她們玩過。

這是個好機會，我也從尤洛和賈卡身上撈一筆學費吧。

於是我折響指關節。

「我就接受挑戰吧。請兩位務必讓我體會這個只有輸贏的嚴苛世界。」

「賠率就一如往常設定成十倍吧。臨時收入準備進口袋嘍。」

「煮熟的鴨子自己送上門來～」

「呵……」

哎呀，好險。我趕緊用手掩住自己的嘴巴。

我們選在我的房間玩撲克牌。
太陽已經下山，把錢輸個精光的賈卡以失魂落魄的表情仰望天花板。
我從堆積如山的籌碼當中取出幾枚。
「加注。」
「咕唔唔……梭、梭哈。」
尤洛將僅剩的少許籌碼孤注一擲。
想當然耳，我選擇跟注。
「喀喀喀……你完全中了我的招呢。」
露出邪惡笑容的尤洛亮出自己的手牌。
「原來如此，傑出的一手。」
「抱歉啊，席德，我已經摸清你所有的行動模式。情勢接下來就要開始逆轉——」
「——不，到此為止。」
「呃？」
我也亮出自己的手牌。

「三條……這怎麼可能……！我跟賈卡苦練的牌技，竟如此輕易……」

「去借錢的話，本人還能繼續戰鬥。要是不把這個月的生活費贏回來……會死……」

賈卡喃喃地胡言亂語。

「收錢收錢。」

我從絕望的兩人手邊拿過贏來的錢，將他們趕到走廊上。

「不好意思，我沒時間應付窮光蛋。」

然後關上房門。

走廊傳來「混蛋～你給我記住！」和「我們下次出老千設計他吧！」的吵鬧聲。

要是你們有此打算，那我也同樣出老千迎戰吧。要是認真起來，就連阿爾法也無法看穿我是怎麼詐賭的。

把贏來的錢投進「影之強者軍資金存錢箱」裡，將房裡的燈調暗。

靜下來傾聽夜晚的片刻。

然後朝著窗外的漆黑夜色開口：

「久等了——可以進來嘍。」

「……嗯。」

伴隨這個輕聲回應，一名少女就此現身。

很不錯的隱身技巧。妳的能力又變得更加純熟了，潔塔。

穿著漆黑戰鬥裝束的苗條獸人，以一雙淡紫色的貓眼直直望向我。

「好久不見了，吾主。」
「嗯，好久不見了。」
「你長高了一些。」
「有嗎？」
「嗯。」
潔塔輕輕點頭。
隨後，她朝我遞出一條魚乾。
「這是伴手禮。」
「伴手禮……？」
「是竹筴魚。」
「竹筴魚啊。」
「我在距離岸邊很遠的海裡抓到的。」
「感覺很辛苦呢。」
「很肥美。是本季最棒的竹筴魚。」
「這樣啊。」
身為貓族獸人的潔塔，是七影的第六名成員。
儘管是獸人卻相當聰明，而且個性冷漠不太說話。
跟某隻狗完全相反呢。

收下竹筴魚乾後，潔塔仍直直望著我。
彷彿像隻等待餵食的貓咪。
「謝謝妳，我之後會烤來吃。」
「嗯。」
她以看似有些開心的動作擺動淡金色尾巴。
「那麼……」
我突然露出嚴肅的表情。
「那件事——有什麼進展嗎？」
聽到我的問題，那雙貓眼透露出得意的神色。
「教團的行動一如預測。」
「——唔。」
我佇立在窗邊，以一隻手捧起紅酒杯。
潔塔隨即在我的杯中注入紅酒。
她的動作依舊俐落。這是潔塔最喜歡的間諜遊戲。她從以前就很擅長潛伏和潛入行動。
「他們正在進行讓右手復活的準備工作。」
「——是嗎。」
「迪亞布羅斯精華即將枯竭。這是一切的原因。」
「——是這麼回事啊。」

「被封印的右手存放在學園遺跡裡。」
「——果然如此。」
「因為畏懼吾等的介入，他們相當焦急。」
「——在我預料之中。」
「剩下的時間不多。他們必定會採取行動。」
說到這裡，潔塔抬頭仰望我，像是在等待我指示下一步。
不知何時，桌上擺滿了以古代文字寫成的書面資料……只是我完全看不懂。
「失蹤的學生呢？」
「還沒找到。」
「四個人啊……」
「對。」
「不夠吧。」
「應該。」
我們一起瞇起雙眼，營造出似乎察覺什麼的氛圍，然後望向窗外燈火通明的女生宿舍。
「——看來會出現第五名犧牲者。」
「嗯……該怎麼做？」
潔塔抬起雙眼望向我。
「……無妨。」

「沒關係嗎？」
「潔塔，妳必須好好看清。」
「嗯……看清什麼？」
「看清未來……以及在那之後所需的東西。」
「……一切都如吾主所願。」
肅穆的空氣籠罩在我和潔塔之間。
以即興表演將話題和學生失蹤事件聯繫在一起，藉此醞釀出真實感。只能說真不愧是我，幹得漂亮。
乍看之下和平的學園生活，背地裡其實迪亞布羅斯教團正在推動大規模計畫——我跟潔塔以彷彿早已知悉這點的眼神望向彼此。
看到我點頭，潔塔也點頭回應。
「交給我吧，吾主。我一定會看清。」
下一刻，潔塔的身影隨著一陣風消失在深沉的夜色之中。
不過我可沒漏看她方才的多餘舉動。她以那條金色尾巴磨蹭了我的床幾下。
「我已經說過好幾次，要她別刻意這樣做記號了……」
我拍掉遺留在床上的毛髮，仰望外頭的夜空。
「是永久的黑暗，抑或從永久之中醒來呢——」
已經很晚了。今天就好好睡一覺，明天才能神清氣爽地醒來——我一邊這麼想，一邊喃喃道出這句話。

「我絕對不會原諒他！」

克萊兒．卡蓋諾待在自己位於女生宿舍的房間裡，氣呼呼地鼓起腮幫子。

「席德到底要放我幾次鴿子才甘心。明明發誓寒假會跟我一起回老家……」

房裡的燈光落在有些鬧彆扭的側臉上。

不知為何，她的手裡捧著鋼鐵材質的項圈。

「我絕對、絕對不原諒他。春假就算用拖的也要把他拖回去。」

喀鏘喀鏘地把玩項圈，確認過上鎖的功能後，露出滿足的笑容。

「下次絕不會讓你逃跑。」

就在此時，克萊兒皺起眉頭。

「——！」

手中的項圈掉落在地，發出「咚！」的沉重聲響。

「右手……好痛……！」

克萊兒按著自己的右手，表情因痛苦而扭曲。

「為什麼……這陣子明明沒有發作啊。」

自從手背浮現魔法陣的那天起，她的右手便不時發疼。
不過最近的情況應該好了一點。
「這是怎樣啊……快回答我，歐蘿拉。」
即使開口詢問，但自從那天以來，歐蘿拉便不曾回應她的呼喚。
克萊兒甚至覺得，那天發生的事或許只是一場夢。
然而用繃帶纏繞遮掩的右手，確實有著魔法陣的圖樣。
她拉開書桌抽屜，將裡頭的資料拿出來攤在桌上。
「我調查過了。跟魔人迪亞布羅斯相關的資料中，有和我手上的魔法陣相同的東西。」
在桌上一字排開的資料裡，可以看到與克萊兒右手的魔法陣極為相似的魔法陣圖樣。
「這是怎麼回事……莫非我跟迪亞布羅斯有什麼關係嗎？我會變成怎樣？欸，拜託妳回答我……」
就在此刻，克萊兒覺得自己好像聽到了什麼。
抬起頭環顧周遭。
「咦，剛才……」
『逃……』
「唔！歐蘿拉？是妳嗎，歐蘿拉？」
那是個彷彿直接浮現在腦中的聲音。
『……快……敵……來……』

聲音變得愈來愈清晰。

『快逃……危……』

「咦……？快逃？」

在克萊兒臉上浮現困惑神情的瞬間，有如什麼東西破裂的清脆聲音響起。

「怎麼了……！」

眼前的景象出現無數裂痕。

整個世界宛如被打碎的鏡子一般崩落瓦解。

就連克萊兒急忙伸出手抓住的桌子，也跟著變成碎片。

一切粉碎之後，嶄新的世界出現在眼前。

「這裡是……我的房間吧？」

克萊兒所在之處，無疑是自己的房間。

然而室內卻莫名瀰漫神祕的白色霧氣。

所有的聲響都彷彿遙遠無比，耳邊只剩下自己的呼吸聲。

不對——身後傳來細微的衣服布料摩擦聲。

「——天真。」

下個瞬間，俐落轉身的克萊兒使出肘擊，打碎了襲擊者的下頜。

「咕嘎！」

險些因此跪倒在地的襲擊者勉強站穩腳步。

但是這個選擇害了他。

克萊兒的膝蓋狠狠命中位置恰到好處的那張臉。

「這招可是席德教我的。」

克萊兒的制服裙襬在空中飄揚。

倒地的男子翻著白眼暈了過去。

她不認得這名男子。

「這個人是誰啊？」

克萊兒蹲下，準備調查眼前的人物。

然而男子的身體突然出現無數裂痕，接著化成碎片。

「怎麼……跟剛才一樣……！」

男子曾經存在的痕跡，如今消失得一乾二淨。

「這是怎樣啦……有人在嗎！有沒有人在啊！」

克萊兒來到走廊上，伸手打開隔壁房間的門。

不過裡頭見不到熟識同學的身影。

下一間、再下一間房間也是。

沒有半個人在。

只有克萊兒獨自留在這個世界。

「這是怎麼回事……欸，歐蘿拉，妳在吧？」

『我不在。』

一個懶洋洋的嗓音傳來。

「妳明明就在。現在可不是開玩笑的時候。」

『我剛才都叫妳快逃了。』

「我也沒辦法啊。就算聽到那種警告，也沒人能馬上做出反應吧。」

『我提不起勁呢。』

「現在可是緊急狀況！」

『我也有我的苦衷呀。』

「什麼苦衷？」

『我不想把妳捲進來。』

「——唔！都在我手上留下這樣的魔法陣了，事到如今還說些什麼啊！」

克萊兒瞪著自己右手手背上的魔法陣。

『那是用來保護妳的東西。』

「這點我明白，可是……妳好歹可以跟我說一下理由吧？」

『我原本打算說的，但是沒辦法說。』

「什麼意思？」

『因為他打算保護妳。』

「『他』……？」

『他打算保護妳，讓妳遠離危險。所以我無法透露太多。』

「妳之前也說過這種話呢。那個『他』究竟是誰？我可不打算讓任何人保護自己。」

『不對，妳一直被他守護。從過去、現在，一直到未來，都會持續被他守護下去。真令人羨慕呢。』

「……我再說一次。我不知道妳說的『他』是誰，也不打算讓任何人保護我。」

克萊兒的語氣透露出怒意。

『這樣就夠了。妳只要一無所知地待在安全的地方就好。這想必也是他的期望——』

「——妳給我適可而止！我並不期望這樣的人生！」

『我是絕對不會說的。因為那個人對我恩重如山。』

歐蘿拉的嗓音也帶著幾分不悅。

「我絕對會讓妳從實招來。」

『妳要怎麼做？』

「呃……」

就在這時，克萊兒突然冷靜下來。

面對一個只有聲音在自己腦中迴盪的對象，自己能做些什麼？

「呃……呃……我會一直大吼大叫，直到妳願意開口為止。」

『隨便妳。』

「……我要跟妳絕交。」

『請便。』
「……我要到處說妳的壞話。」
『然後呢？』
克萊兒不甘心地咬住下唇。
『妳發洩得差不多了吧？』
「我只覺得愈來愈煩躁。」
『放心吧。我會告訴妳離開這個空間的方法。』
「這麼說來，這裡到底是什麼地方？」
『我不能告訴妳。』
「啊啊，真的煩死人了。」
『總之妳先直直往前走。』
「不要。」
『不往前走的話，妳會一輩子都困在這裡喔。』
「好好好，我知道了。我往前走就是了。」
『沒錯沒錯，就這樣前進，然後轉三圈。』
「轉三圈？」
『開玩笑的。』
「早晚有一天會揍飛妳。」

黑髮少女在充滿白色迷霧的世界踏出步伐。
身後隱約可見一名有著紫羅蘭色雙眸的女性身影。

第三學期的課程從今天正式開始。
或許是因為期末考將近，班上同學們感覺變得格外認真。
「今天這堂魔力操作理論課教授的內容，好像每年都會考喔。」
「不愧是賈卡，消息真靈通。」
「因為本人要是再不認真一點就不太妙了。如果留級的話，父母會宰了本人。」
「我也差不多該認真了。感覺之前混得太凶。」
「只要認真起來，肯定能夠輕鬆過關。」
「只要認真起來，輕鬆輕鬆啦。」
雙眼布滿血絲的尤洛和賈卡如此說道。
「席德，你的成績同樣也有危險吧？最好認真一點喔。」
「啊～說得也是，那我也該認真了。」
我的成績一直維持在中下左右的程度。
老實說，上課時幾乎都在進行魔力訓練，要是參加考試，八成沒有一題答得出來。

但是只要我拿出真本事就能輕鬆作弊，所以這方面完全不成問題。
雖然連今天教授的內容都搞不懂，不過我在上課時進行的訓練，足以證明「魔力濃縮後能產生千倍威力的理論」。
這也是為了成為「影之強者」的修行。
我隨時隨地都像這樣悄悄淬鍊、凝聚自己的魔力。
——就在這時。
有人打開教室的門，一名銀髮少女跟著現身。
那是亞蕾克西雅。
「今天天氣真好。」
我邊說邊若無其事地仰望窗外的天空。
外頭是陰天。
感受得到班上同學的視線集中在我身上。
不知為何，每次只要亞蕾克西雅踏進這間教室，大家就會望向我。我明明只是個平凡無奇的路人角色。
「喂。」
「啊，有小鳥在天上飛。」
空中的風景一如往常的平凡。
「轉過來面對我，波奇。」

「雲朵隨風流逝呢。」

今天想必也是什麼事都沒有的一天吧。

「別忽略我。」

亞蕾克西雅抓住我的下巴。

她硬是將我的臉轉過去，我的脖子因此發出不太妙的喀啦聲響。

亞蕾克西雅那雙鮮紅的眸子出現在眼前。

「嗨，亞蕾克西雅公主。」

我試著像個路人那樣平凡地打招呼。

「午安，席德·卡蓋諾同學。」

「亞蕾克西雅公主，請問您是不是走錯班級了？」

「不，我沒走錯。我有事找你，席德·卡蓋諾同學。」

「啊，要開始上課了。雖然很遺憾，還是改天再說……」

「那不重要。這傢伙借我一下。」

亞蕾克西雅望向尤洛和賈卡開口，然後揪住我的衣領後方。

「請請請、請！」

「請請請、請便！」

我聽著兩人無情的回應，就這麼被亞蕾克西雅拖走。

她不知為何把我帶到女生宿舍。
「我可以隨便進去嗎？」
「我已經取得許可了。」
「我可是男孩子。」
「你是相關人士，所以無所謂。」
「相關人士？」
亞蕾克西雅在一扇門前停下腳步。
沒記錯的話，這裡應該是克萊兒姊姊的房間。
「聽說今天的早餐時間，你姊姊沒有出現在餐廳。」
「喔～」
「感到在意的同學來這個房間找你姊姊，卻發現房門沒有上鎖。」
亞蕾克西雅邊說邊打開房門，裡面確實不見半個人影。
「我們已經把她可能會去的地方找過一輪，但是都沒找到。」
「喔～」
「你有什麼線索嗎？」
「沒有。」

聽到我不假思索的回答，亞蕾克西雅以一臉「這傢伙沒問題吧？」的表情望著我。

「你不擔心嗎？」

「這是很常有的事。」

「很常有？」

「她從小時候就經常搞失蹤。」

「這就叫做線索。」

「原來啊，確實如此。」

「你姊姊以前失蹤時跑去哪裡了？」

「天曉得。因為她會自己回家。」

有了七影後，都是她們負責把姊姊帶回來。

這次待在姊姊身邊的人應該是潔塔。既然能力優秀的潔塔沒有任何反應，代表這件事一定沒問題。

「類似離家出走嗎？」

「或許吧。」

「如果只是單純的離家出走還無所謂，不過有件事讓我有點在意。」

「什麼事？」

「你看這個。」

走進室內的亞蕾克西雅從地上撿起一個項圈。

「那是項圈嗎？看起來很堅固。」
「而且這個項圈具有封印魔力的作用。一般來說是不會出現在女生房間裡的。」
「這個『一般情況』能否套用在姊姊身上，還有探討的空間。」
「說不定是有人闖入這個房間，然後用這個項圈將她擄走。」
「可是項圈掉在房間地上。」
「或許是在與對方拉扯時弄掉的。此外還有另一件在意的事……」
如此說道的亞蕾克西雅望向擱在桌上的書面資料。
看到那些資料的瞬間，我馬上就能理解。
「這是……！」
古代文字、帥氣的魔法陣、看起來含意深遠，其實沒有任何意義的咒語。
這是那個吧。
所謂的中二病黑歷史筆記。
「你有什麼線索嗎？」
「不，完全沒有。我完全想不到任何線索。」
「是嗎？但是你的視線飄移不定。」
「是、是妳多心了。」
「那就好。」
亞蕾克西雅再次將視線移回中二病黑歷史筆記上。

「我覺得這些資料的內容應該沒什麼意義。」

「是這樣嗎？」

亞蕾克西雅一臉認真地開始研究那些筆記。

遺憾的是上面只寫著黑歷史。

仔細想想，封魔項圈也算是中二道具，而且姊姊還有玩在右手手背畫上中二魔法陣，再用繃帶遮住的遊戲。

姊姊的中二病或許已經澈底發作。

突然鬧失蹤也是中二病很常見的行為之一。

「姊姊一定不會有事的。」

「你很信賴她嘛……」

「該說是信賴嗎……好吧。」

既然已經發病，那也無可奈何吧。

「我的……我的王姊……」

亞蕾克西雅瞇細雙眼，露出彷彿眺望遠方的神情。

「最近，我時常搞不懂王姊在想什麼。」

「喔～」

「你有遇過這樣的情況嗎，波奇？」

「基本上我完全搞不懂姊姊的想法。」

「是喔……大家是不是都這樣呢？」
「畢竟只是有血緣關係的外人。」
「你的說法還真無情。」
「會嗎？」
「我希望能理解王姊的想法。」
「這樣啊。」
亞蕾克西雅輕嘆一口氣。
「……你可以回去上課了。我再繼續調查一下。」
「嗯。」
於是我離開現場，留下認真研究中二病黑歷史筆記的亞蕾克西雅。

結果到了放學後，姊姊似乎還是沒有回來。
不過既然有潔塔，應該沒什麼問題吧。
我正在宿舍後院烤潔塔給我的竹筴魚乾。現在已過熄燈時間，所以周遭一片黑漆漆。
「差不多可以了吧？」
竹筴魚肥美的油脂滴在火上，發出聽起來很可口的滋滋聲。

「還是要再烤一下比較好？」

這樣獨自坐在營火前面，感覺挺不賴的。

心靈因此得到淨化。人只要活著，心靈就會逐漸腐化呢。

傻傻望著營火的同時，察覺到某個以驚人速度逼近這裡的存在。

「老大！終於找到你了！」

戴爾塔抽動頭頂的狗耳現身。

「嗨。夜深了，要安靜一點喔。」

「戴爾塔去狩獵黑色加格的說！」

「是嗎。夜深了，要安靜一點喔。」

「然後被阿爾法大人稱讚了！」

「這樣啊。夜深了，要安靜一點喔。」

「希望老大也能稱讚戴爾塔的說！」

「好乖好乖好乖～Good Girl～」

我伸手摸了摸戴爾塔的頭。她開心地猛搖尾巴。

「夜深了，要安靜一點喔。」

「戴爾塔會安靜的說！」

精神百倍地回應之後，戴爾塔又連忙以手掩嘴。

「戴爾塔會小聲說話。」

她以像是在輕喃的音量開口。

「嗯，就是這樣。」

「是。戴爾塔去挖了老大說的那個坑洞的說。」

戴爾塔的音量又開始慢慢變大。

「坑洞？我有說過這種事嗎？」

「老大說過！」

然後恢復成平常的音量。

「是喔。算了，沒差。」

「然後戴爾塔發現了這個！就跟老大說的一樣！好厲害的說！」

戴爾塔叼著一顆看似鮮紅寶石的東西，朝我露齒燦笑。

「妳為什麼要叼著它？」

「這樣才不會弄不見！」

「太天才了。」

「噫嘻嘻～」

我接過那顆寶石。即使沾滿戴爾塔的口水，仍然綻放璀璨的紅色光芒。

「這個……喔喔，說不定可以賣個好價錢。」

雖然尺寸只有彈珠大小，這顆寶石透出的光芒依然非比尋常。

「戴爾塔很努力的說！」

「好乖好乖好乖～Good Girl～」
我用力搓搓戴爾塔的頭。
她露出心神蕩漾的笑容。
「戴爾塔想要獎賞的說！」
「唔～這個嘛～」
「嗯，戴爾塔聞到好好吃的味道！」
望向營火的瞬間，竹筴魚消失了。
「這是給戴爾塔的獎賞嗎！」
如今正在戴爾塔手中。
「不，那是潔塔給我的伴手禮……」
「謝謝老大的說！」
完全沒在聽我說話。
「真好吃～」
大口咬下的戴爾塔露出幸福洋溢的表情。
算了，看來她好像也很努力。
「也罷。」
如此心想的時候，身後傳來樹枝折斷的清脆聲響。
「狗狗……妳在吃什麼？」

轉過頭去，發現眼神冰冷到幾乎凍結的潔塔站在那裡。

「嗯？小母貓！戴爾塔正在吃獎賞！」

同時還以喉頭發出「咕嚕嚕～」的聲音示威。

「那條竹筴魚是我獻給吾主的東西，不是妳的。」

「小母貓走開！這是戴爾塔的獎賞的說！」

戴爾塔說完便一口氣吞下整條竹筴魚。

「啊……」

潔塔發出像是嘆息的哀號。

「好好吃的說～」

戴爾塔則是一臉悠哉。

「妳這個……」

潔塔發出「嚇——」的威嚇聲。

「小母貓很礙事。要是不走開，戴爾塔就把妳打飛的說！」

「那是我為了吾主準備的最美味的竹筴魚……不可饒恕。」

「好啦好啦好啦。」

察覺到現場氣氛變得有點麻煩之後，我介入兩人之間。

她們的視線集中在我身上。

「呃……我只是很普通地在烤竹筴魚，完全沒做出把它讓渡給別人的行為——」

感覺事情變得麻煩時，必須先求自保。
為了避免被捲入其中，先強調自己沒有錯，這一切和自己無關是很重要的事。
「——因為這樣，我沒有錯。」
「嗯，吾主沒有錯。」
「老大沒有錯的說！」
「沒錯沒錯，我沒有錯。」
我有好好保管那條竹筴魚。只是因為不幸的誤會，才會導致它落入別人口中。
「所以——」
潔塔和戴爾塔伸手指向彼此。
「「是這傢伙的錯！」」
並且異口同聲這麼說。
「呃？」
下個瞬間，兩人的魔力迸裂開來。
我被爆炸產生的狂風華麗地吹到空中。
我順著衝擊的力道安全落地，潔塔和戴爾塔也隔著一段距離落地。
「搶走我獻給吾主的禮物的笨狗……絕對不能原諒。」
「對戴爾塔的獎賞有意見的小母貓……戴爾塔絕對饒不了妳！」
「啊～呃，雖然搞不太清楚狀況，總之我沒有錯。」

我靜靜離開現場。

那兩人從以前八字就很不合，總是動不動便起爭執。在這之後通常會演變成房屋或田地半毀，阿爾法因此大發雷霆的結局。

「不要做得太過火，記得適可而止喔。」

剛才的狂風讓她們和宿舍拉開距離，或許算是不幸中的大幸。

「戴爾塔要打飛妳的說。」

戴爾塔握著劍，擺出備戰架勢。

「我要好好懲罰妳。」

潔塔瞇起冰冷的眼眸——然後消失無蹤。

她的身影在沒有任何徵兆的情況下消失。

「逃跑了？」

戴爾塔偏頭表示不解。

下個瞬間，她的身後浮現一把黑色刀刃。

「——唔！」

戴爾塔在千鈞一髮之際躲開這記劈砍。

由於閃避的動作過於勉強，就這麼倒在地上。

唰、唰、唰！黑色刀刃瞄準她的身軀揮落。

「……哼！」

然而戴爾塔避開了所有攻擊。
趴在地上翻過身，以人類八成做不到的動作一躍而起。
「……妳在哪裡的說？」
到處都不見潔塔的身影。
只有無數的黑色刀刃浮現在漆黑夜色之中。
——這是那個吧。「噬血女王」的招式。
沒想到潔塔能學會這一招。不過如果是她，即使學會也不奇怪。
在我認識的人之中，就以潔塔的身手最為靈巧。
無論讓她嘗試什麼，即使是初次接觸的事物，總有辦法能夠順利做好。卓越的天分再加上成長速度很快，或許是個終極的天才。
只看才能的話，是超越一流的存在。
然而「天賦」的潔塔有個大缺點。
「……咦？」
這是潔塔的聲音。
她的尾巴浮現在黑暗中。
還是老樣子。
潔塔的行動總是視心情而定，容易喜新厭舊，因此無法將技巧鍛鍊到極致。
「糟糕，練習不足。」

「──在那裡的說！」

在被戴爾塔的剛猛劍勢劈成兩半前，尾巴化作一片黑霧，消失在夜色裡。

「好險好險。」

只剩下潔塔的聲音四處迴響。

「……我要稍微認真了。」

隨著這句話，黑霧開始凝聚成數量破萬的短刀。

這些短刀一邊圍著戴爾塔，一邊飛向天空。

「必殺，千枚刃。」

儘管數量明顯破萬，必殺技的名稱倒是挺謙虛的。

不過這些短刀的殺傷力極為驚人。

成千上萬把刀刃不斷砍向戴爾塔，讓她的身體浮在空中。

「嘎！咕……咕嗚嗚……」

夜空中的戴爾塔不停單方面中刀。

雖然她以四肢勉強護住要害，說不定還是有點危險。

潔塔變得比我想像的還要強。

即使在「七影」當中算是新人，卻也是以超乎常理的速度成長至此的怪物……

「咕嘎啊啊啊啊啊啊啊啊啊啊啊啊啊啊啊啊啊！」

戴爾塔發出一陣長嘯。

強大的魔力化為衝擊波向外擴散。
光用這一招便將上萬刀刃粉碎殆盡。
「咦……不會吧。」
潔塔帶著茫然的表情從黑霧之中落地。
像隻貓咪一般輕巧著地的她，視線緊盯滿身是血的戴爾塔。
呸！
戴爾塔吐出口中的血塊，然後瞪視潔塔。
她的眼神看起來不再是「跟妳玩玩」的感覺。
「……唔！」
潔塔感到寒毛直豎。
戴爾塔操作史萊姆，化為一把漆黑的大劍。
不對，要說是劍的話，那也未免太過粗陋、太過巨大了。我決定以「鐵塊」來稱呼戴爾塔手裡的那個東西。
平時的戴爾塔會模仿其他成員，以類似的武器進行戰鬥。
但那並非她真正的模樣。
這個粗獷的鐵塊才是她真正的武器，也是「暴君」戴爾塔認真起來的證據。
「咕嚕嚕嚕……」
戴爾塔以喉頭發出低吼聲。

冷汗從潔塔的臉頰滑落。

我則是轉身望向後方的宿舍和校舍，擔心它們的安危。

怎麼辦？再這樣下去，感覺這些建築物都會被炸飛。

不過使出全力打到一半時被人制止，也是件很不爽的事。

俗話說己所不欲，勿施於人。

所以再見嘍，米德加學園。尤洛、賈卡，你們乖乖上西天吧。

我在內心雙手合十祈禱。

「宰了妳。」

認真起來的戴爾塔開始將魔力凝聚在鐵塊上。

我也稍微打起勁來朝後方退開，跟兩人拉開距離。

至於潔塔……則是飛向空中。

這不是比喻，她是真的飛起來了。

強化視力加以觀察，我發現她身上纏繞著一層相當細微的黑霧。

原來還能這樣利用啊。

「拜拜，狗狗。」

如此說道的潔塔就這麼飛入雲層之中消失了。

瞬間的靜默之後，戴爾塔憤怒得渾身打顫。

「等……等一下，小母貓啊啊啊啊啊啊啊啊啊啊啊啊啊啊！」

接著宛如一陣風就此消失。
「到頭來，還是一如往常啊。」
一直以來，這兩人每次開打都無法分出勝負。
要嘛是潔塔溜掉，要嘛是阿爾法大發雷霆。順帶一提，我屬於默默觀戰派。
好，回房間睡覺吧。
「嗯？」
察覺到許多人趕往這裡的氣息。
畢竟剛才鬧成那樣，這也是理所當然的。
「這個感覺……是亞蕾克西雅跟衛兵吧。」
我隱藏自身的氣息，躲起來觀察情況。

亞蕾克西雅在宿舍後院狂奔。
雖說是後院，這裡比較接近完全無人打理的茂密森林。夜晚的露水沾濕她的鞋子。
「動作快一點！」
她邊跑邊望向身後開口。
「亞蕾克西雅大人，那股魔力太危險了！我們還是等待援軍過來吧！」

衛兵們在後頭拚命追趕她的腳步。

「就是因為你們每次都這麼悠哉，才會被對方溜掉！」

「請等一下，亞蕾克西雅大人！」

亞蕾克西雅無視衛兵的勸阻，撥開草叢不斷前進。

她在那裡發現了戰鬥的痕跡。

「這是……」

無論地面還是四處的植物都能看到無數傷痕。

那是強大魔力留下的痕跡。

「究竟是誰釋放出如此驚人的魔力……」

「亞蕾克西雅大人！唔，這是……！」

現場濃密到令人嗆咳的魔力，讓追上來的衛兵們為之啞然。

「太、太危險了。犯人說不定還在附近。」

「逮捕犯人不就是你們的工作嗎？」

「這、這個……我們……」

衛兵移開視線，和其他同袍面面相覷。

亞蕾克西雅悄悄地嘆了一口氣。

「這是血跡。」

她望向草地上的血漬。

「流了很多血。對方或許身受重傷。說不定就是那起事件的犯人……」
學園裡鬧得沸沸揚揚的學生連續失蹤事件。
騎士團先前的調查相當草率。他們無視部分證據，便判斷整起事件沒有值得起疑之處。
亞蕾克西雅則是一直懷疑這起事件另有蹊蹺。
「身手一流的魔劍士曾在這裡戰鬥……可是為什麼選在這種地方？」
這裡不是戰場，只是普通學生宿舍的後院。
「會懷疑這兩件事的關連性也很正常。背後或許有什麼強大的力量……」
「亞、亞蕾克西雅大人！」
衛兵慌張的呼聲，打斷了亞蕾克西雅的思考。
「怎麼了？」
「那、那裡……！」
警衛指示的方向，佇立一名身穿漆黑長大衣的人影。
「什麼時候！」
神不知鬼不覺現身的他，讓亞蕾克西雅感到戰慄。
「你、你是……」
將頭上的帽兜拉得老低的人影，以指尖抹去植物表面的血漬。
接著以宛如來自深淵的嗓音輕聲開口：
「這就是戰爭的代價嗎——」

「闇影……」

透露幾分悲痛的身影，讓亞蕾克西雅說不出話來。

「對世界來說，在此處逝去的生命是必要的犧牲嗎……？」

「闇影，這件事跟你有關嗎？」

闇影對亞蕾克西雅等人的存在漠不關心，只是陷入深沉的思緒之中。

「亞、亞亞、亞蕾克西雅大人，太危險了！我們還是先行撤退，等騎士團來──！」

衛兵們一邊顫抖一邊拔劍出鞘。

「沒用的。全都退下吧。我們的劍碰不到他分毫。」

儘管明白這一點，亞蕾克西雅仍將劍尖對準前方的闇影。

「回答我，闇影。這裡剛才發生了什麼？」

如此說道的亞蕾克西雅將魔力注入劍身。闇影這才轉過頭來望向她。

面具後方的赤紅眼眸俯視亞蕾克西雅。

「──妳知道了又能如何？」

「我要逮捕犯人。我不能讓對方為所欲為。」

面具後方的那張臉發出輕笑。

「沒用的。」

下一刻，闇影的身影倏然消失。

不，不對。

他出現在亞蕾克西雅眼前。
「什——！」
亞蕾克西雅完全沒能察覺任何魔力或氣息。
回過神來，闇影便已出現在眼前，劍刃抵住她的喉頭。
亞蕾克西雅看過這把劍。
因為這正是她自己的劍。
「我的……劍……」
她甚至連闇影奪走自己的劍都無法察覺。
「——我們所在的世界不同。」
「你這是什麼意思啊！」
亞蕾克西雅不由得咬牙切齒。
在那之後，她一直都很努力。
她以為自己稍微拉近了兩人之間的差距。
「表與裡、陰與陽——生活在表面世界之人不該干涉的世界確實存在。」
闇影說完便收劍轉過身去。
在夜色中緩緩邁開步伐，漆黑長大衣的下襬隨風飄揚。
「——時候到了。」
「時候？什麼的時候？」

「那些傢伙開始行動了——」
黑色液體在闇影腳邊湧現。
黑色液體形成漩渦，遮蔽他的身體。
一陣風吹來，化為黑霧的闇影也跟著消失無蹤。
只有亞蕾克西雅的劍，落在他方才佇立之處。
「消失了……他說的『那些傢伙』又是誰？」
淨是自己不清楚的事。
不過明白這件事和闇影有關，或許也算是前進一步。
雖然是很小的一步。
如此自嘲的亞蕾克西雅轉身問道：
「援軍還沒到嗎？儘快保留現場……」
接著只能楞在原地。
「怎麼……會……」
衛兵全都倒在地上，陷入昏迷。
闇影瞬間奪走了這些衛兵的意識。
然而她卻完全沒能察覺。
「我們之間的差距還是這麼大……我都……我已經……」
亞蕾克西雅低下頭，用力握緊拳頭。

# 一章

## 姊姊的平安歸來與病徵的惡化……！

The Eminence in Shadow
Volume Five
Chapter One

隔天，潔塔和戴爾塔昨晚交手帶來的影響，成了學園裡的熱門話題。

「聽說昨晚有人發現宿舍後方湧現強大到嚇人的魔力喔。」

「好像是。但我那時在睡覺，所以什麼都沒感覺到。」

「本人也在睡，所以渾然不覺。」

尤洛和賈卡一臉嚴肅地進行討論。

「聽說有到現場採集證據？」

「好像是。有幾位老師也去幫忙了。」

「案發現場位於宿舍後方，代表犯人絕對是想闖入女生宿舍吧，真是個變態。」

「不，案發現場好像是男生宿舍後方。」

「唔，那就是打算闖入男生宿舍嘍。」

「犯人的目的是什麼？」

「畢竟宿舍裡有帥哥啊。」

尤洛露出猥瑣的笑容開口。

「說得也是。這裡有帥哥呢。」

賈卡以同樣猥瑣的笑容回應。

「就是啊。」

我以有如佛陀的慈祥表情表示同意。

撇開這兩個人不提，其他學生倒是以挺認真的態度討論昨晚發生的事。諸如這是仇視學園之人的犯行、犯人的目的是研究室裡的貴重古文物、或許與學生失蹤事件有關等等，各式各樣的推理都有。

抱歉了，大家。

事情的真相不過是一場貓狗大戰。不過在和平的學園生活背後，有什麼事件持續在暗中發展──我倒不討厭這種山雨欲來的氛圍。

「下堂課要到演習教室，我們趕快移動吧。」

「等等啦，席德。竟然丟下我這種帥哥，你太囂張嘍。」

「請等一下啦～帥哥還沒準備好呢。」

我無視這兩個人，朝著演習教室走去。

話說回來，我昨晚基於一念之間的判斷，在亞蕾克西雅面前盡情扮演影之強者的角色，真是太過癮了。

在和平的學園生活背後展開的悽慘戰鬥，以及為這場爭鬥導向的未來感到憂心的我。利用潔塔和戴爾塔的大戰，充分發揮即興表演能力帶來無比真實的表演，幾乎可謂是一種藝術。

而且充分展現自身的實力，強調彼此身處不同次元的世界。

生活在表面世界的人，只會成為裡側世界之人的阻礙——這可是從西元前一直適用至今，恆久不變的帥氣演出。

光是回想便讓我嘴角上揚。

我所構思出來的最完美「影之強者」，將會不斷在這個世界的歷史留下足跡。

「吾主。」

不知道是否多心，我彷彿聽到潔塔的聲音。

「吾主，這邊。」

「噢。」

原來不是多心。

一名看似清潔人員的少女揪住我的制服。是潔塔。

不知為何穿著一身工作服，還戴上毛線帽遮住貓耳。

「妳怎麼打扮成這樣？」

「變裝潛入。」

靠在我身上的潔塔簡短地回答。

「不要用氣味在我身上做記號，很引人注目。」

走廊上還有其他學生。

「吾主，你身上有狗臭味。」

「要是妳黏上來就變成貓臭味了。」

「唔～」

我以手肘將潔塔頂開。

「戴爾塔怎麼樣了？」

「我甩掉她了。她現在在海上。」

「詳情我就不過問了。」

要是潔塔認真起來逃跑，恐怕沒幾個人抓得到她。所以她才能跟戴爾塔槓上。

「嗯，這邊。」

潔塔拉著我的手，進入一間空教室。

或許是因為有一段時間無人使用，空無一人的教室為冰冷的空氣所籠罩，灰塵有點多。

「下一堂課馬上就要開始了。」

「報告。」

潔塔再次靠過來，在我耳畔輕聲說道。

看來她還想繼續玩扮演間諜的遊戲。

「突襲她的行動失敗了。」

「我想也是。」

「不過她還待在那一邊。」

「是嗎。」

「教團會派遣新的刺客。」

如此說道的潔塔來到窗邊俯瞰下方。

我也走到她身旁，營造出兩人一起俯瞰窗外景色的情境。遠處可以看見騎士團成員和老師們正在昨晚的案發現場採集證據。

潔塔以紫色眼眸緊盯著他們。

我也模仿她這麼做。

「恐怕是那傢伙。」

「那傢伙啊。」

「倘若有危險，就必須介入。」

「交給妳判斷吧。」

這時潔塔突然迅速蹲低身子。

我也學她蹲下來。

「有人在窺探這裡。」

「看來是個直覺敏銳的傢伙。」

「嗯，潛伏於黑暗之中。」

躲在窗戶下方的我朝外觀望，瞬間感受到來自遠方的視線。

「對方在看什麼呢……噢，我差不多該走了。」

預備鈴聲響起。

當我轉過身，發現教室裡已經沒了潔塔的身影。

午休時間。
我和尤洛、賈卡一起在學校餐廳裡排隊。
「好啦，今天的午餐要吃點什麼呢？」
「你打算用從我們手中奪來的錢吃一頓豪華午餐吧，席德？真好命耶。」
「真羨慕席德同學。我們連今日特餐的九百八十戒尼貧窮貴族套餐都有問題呢。」
「什麼從你們手中奪來的錢啊，真難聽。我可是正當行使自己的權利。」
話雖如此，從這兩人身上撈來的錢必須當成「影之強者」的活動資金。要是在這種地方浪費錢，可能會影響到今後的活動。
我是會確實注意優先順序的人。
今天也點九百八十戒尼的貧窮貴族套餐吧。我相信每天的節省，影響著日後是否成功。
「好久不見了，小老弟。」
這時，身後傳來呼喚我的聲音。
會以「小老弟」稱呼我的，在這世上只有一個人。
「好久不見，妮娜學姊。」
那頭酒紅色的長髮，今天依舊飄逸動人。

沒有規矩地繫上領帶，將制服上衣的釦子鬆開到胸口的火辣穿著，再加上從短裙之中伸出的修長美腿。可說是相當挑戰世俗眼光的造型打扮。

她是三年級的妮娜學姊。

「寒假的時候你上哪去了？克萊兒一直在找你，還拉著小妹陪她一起找，超級辛苦的。」

「嗯，我有點事。」

「哦～有點事啊。」

妮娜學姊鑽進正在排隊的我前方。

她的體型十分嬌小，頭的位置大概只到我的胸口。

「不可以插隊。」

我雖然開口勸阻，卻被妮娜學姊輕鬆扯開話題。

「小老弟今天也是點今日特餐的九百八十戒尼貧窮貴族套餐嗎？太寒酸了吧～」

「我是為了將來的宏大野心才會這麼節儉，這不是寒酸。」

「好好好。請你就是了。你想吃什麼？」

「那就最貴的。」

「好啊。那就來兩份豪華午餐的十萬戒尼超有錢貴族套餐吧。」

妮娜學姊替我點了最高級的午餐。

身為姊姊摯友的她十分疼愛我。不，應該說只要我開口，無論是什麼樣的要求，她都會答應。是一位有求必應的學姊。

過去我曾經半開玩笑地說想看看圖書館裡的禁書，結果她真的替我弄來了。關於她是如何把禁書弄到手一事，至今仍是不解之謎。在其他方面，我也受到她諸多照顧。

認識妮娜學姊後，我頭一次覺得身為克萊兒姊姊的弟弟是件好事。

「拜、拜託妳也請我吧！」

「也、也請本人吃午餐吧！」

儘管有些因為妮娜學姊的氣場而退縮，尤洛和賈卡仍試著要她請客。

「不是給了你們撲克牌嗎？」

「說說說、說得也是！」

「謝謝謝、謝謝妳先前送的撲克牌！」

「別在意。畢竟克萊兒給你們添麻煩了。」

好像就是這麼一回事。

多虧了妮娜學姊的權力，我們得以坐上靠窗的頭等座位。

「好啦，坐下吧。」

「遵命。」

我在妮娜學姊身旁的座位坐下，開始享用超有錢貴族套餐。尤洛和賈卡則是坐在我們對面，畏畏縮縮地吃著自己的貧窮貴族套餐。

超有錢貴族套餐是從前菜開始。一旁的女僕們動作俐落地進行準備。

「聽說克萊兒失蹤了。」

學姊一邊吃著前菜的義式薄切生魚片一邊開口。

「對啊～」

我也跟著將生魚片送進口中。不知道這是什麼魚，但是超級美味的。

「剛才亞蕾克西雅公主還來詢問是否知道些什麼。但是我們那天過得一如往常，實在想不到有什麼線索。小老弟呢？」

「我也沒有線索。亞蕾克西雅在找姊姊嗎？」

「好像是因為有什麼令她在意的事。再加上又有其他學生失蹤，小妹有點擔心呢。」

「而且昨晚還發生那樣的騷動。」

「在男生宿舍後面對吧？真是不得安寧。」

「對啊～」

「對了，小妹還在案發現場附近看到緋紅騎士團的成員喔。他們人數雖然增加了，但是水準就不予置評。」

「喔～妳知道的真多耶。」

「還好啦～」

妮娜學姊一臉得意地朝我眨眨眼。

「妮娜學姊畢業後會加入騎士團嗎？」

「不好說呢。畢竟小妹跟克萊兒不一樣，成績不太好啊。」

「咦？是這樣嗎？」

「你怎麼一臉意外啊。小妹的成績很差可是眾所皆知的事喔。」
「什麼啊，我還以為妳是學年首席。」
「哈哈哈，今年的首席應該是克萊兒吧。她最近的成長確實令人大開眼界。小妹不過是個吊車尾的學生而已。」
「那就當作是這樣吧。」
妮娜學姊帶著一臉難以捉摸的表情，舀起湯送進自己的櫻桃小口裡。
她看上去的感覺比姊姊來得更強，不過隱瞞實力的理由每個人都不同。而且妮娜學姊其實也挺神祕的。
「克萊兒失蹤的事，有進展的話再通知你。你應該很擔心吧？」
「擔心？不，也沒有……騙人的，我很擔心。」
「你還是老樣子耶。不過她可是克萊兒，或許根本用不著擔心。如果遇上什麼傷腦筋的事，就跟小妹說一聲吧。」
妮娜學姊對我露出可愛的微笑。
對面的尤洛和賈卡只是默默扒著今日特餐的九百八十戒尼貧窮貴族套餐。

「我說啊，還無法離開這裡嗎？」

克萊兒在學園教室裡嘆著氣問道。
被白色霧氣籠罩的室內，感覺不到其他人的存在。
『就快了。』
「妳好一陣子前也這麼說。」
『所以說就快了。我正在努力加大裂縫。因為妳的魔力量太低，才會這麼費時。』
「是是是，對不起，我的魔力量這麼低。在這間學園裡我已經算高了。」
『比較的水準太低了。』
「妳說話真的讓人很不爽耶。」
『對不起，我一不小心就說出真心話。』
「話說裂縫是什麼？」
『能夠讓我們返回原來的世界的裂縫。』
「『原來的世界』是什麼意思？那這個世界又是什麼？」
『不告訴妳～』
克萊兒不禁又嘆了一口氣。眼前淨是一些她不明白的事。
她靠著課桌坐下，正打算翹腳時，發現一股不尋常的感覺。
「咦？」
有什麼東西碰到她的腳。
仔細一看，原來那是半透明的人類手臂。一隻鮮血淋漓的手抓住她的腳。

「這、這是什麼東西啊！」

克萊兒起身猛踹那隻手，同時往後退。

踹飛手臂的力道，讓一個渾身是血的人影跟著現身。

灰褐色的肌膚、凹陷的眼窩，以及胸口那道深深的傷口。

不管怎麼看都是已死之人。

『小心點，那是亡魂。』

「亡魂？」

「被困在這個地方的昔日英雄。祂們被負向魔力所束縛，在永久的時空當中不斷徘徊。幫助祂們解脫吧。」

「就算要我幫祂們解脫……我該怎麼做才好？」

『揍祂們幾拳應該就可以了吧。』

「哼！」

克萊兒將魔力集中在拳頭上，狠狠朝著起身的亡魂揮拳。

亡魂「啪嚓！」一聲爆裂，然後四散消失。

「好討厭的觸感。」

『亡魂現身就是封印開始減弱的證據……狀況可能不太妙呢。』

「什麼封印？」

『啊，剛才只是我在自言自語。是我的錯。得確實避免被她聽到才行……魔力量明明那麼低，聽覺卻很敏銳。』
「我全都聽到嘍。」
之後歐蘿拉便沉默下來。
克萊兒一腳踹開再次現身的亡魂。
「沒有劍感覺真有點不安。」
她把劍遺留在原本的世界。
一邊等待歐蘿拉的準備工作結束，克萊兒一邊踹倒三三兩兩現身的亡魂。
亡魂現身的頻率慢慢變高，周遭的霧氣也愈來愈濃。
「還沒好嗎，歐蘿拉？」
『還差一點。』
「真的嗎？」
『真的。不過真是遺憾……客人來嘍。』
「咦？」
感覺到他人的氣息，克萊兒轉身發現一名身穿黑色長袍的男子不知何時站在那裡。
他以黑色面具隱藏自己的長相。
「什麼時候……！」
克萊兒側身擺出備戰架勢，但因為手中沒握劍，總覺得哪裡不對勁。
相較之下，黑色長袍男子駕輕就熟地舉起劍，瞬間逼近克萊兒眼前。

「好快——！」

克萊兒和男子拉開距離，勉強躲過對方的第一擊。

但是黑色長袍男子不允許她這麼做。早一步使出的劈砍襲向克萊兒。

「咕！」

被一刀砍飛的克萊兒，踩著搖搖晃晃的腳步起身。

雖然挨了刀背的強力一擊，但她還能繼續戰鬥。

看來對方似乎不打算殺死她。八成是想活捉吧。

『妳好像快輸了。』

歐蘿拉的聲音在克萊兒腦中響起。

「妳安靜一點。現在才是關鍵時刻。」

『是嗎？我已經能預見結果了。』

「妳很吵耶。要是我有劍……！」

『就算有劍也打不過啦。』

「我叫妳安靜一點啦！」

『他要發動攻擊了。』

在這個瞬間，黑色長袍男子朝地面一蹬，再次逼近克萊兒。

『我借妳力量吧。』

「——咦？」

事情發生在轉瞬之間。
直逼眼前的黑色長袍男子被鮮紅觸手打飛出去。
從克萊兒腳下延伸而出的鮮紅觸手，有如生物一般不停蠢動。
「這、這是什麼啊？」
『血。』
「血？」
『努力練習的話妳也能辦到。畢竟妳可是……』
「……我可是什麼？」
『……沒什麼。戰鬥還沒結束喔。』
克萊兒抬起頭來，發現黑色長袍男子已經起身。
臉上的黑色面具脫落，鮮血從臉頰流下。
「你是騎士團的……」
過去參加騎士團的入團體驗活動時，克萊兒看過這名男子。
「好久不見了，克萊兒小姐。」
男子笑著朝她行禮。
「你是第三騎士團的第四小隊隊長約翰子爵。」
「那是我表面上的身分。其實我是具名之子『黑暗微笑』的約翰。」
命名的品味會不會太糟糕啦？

克萊兒默默在內心這麼想。
「雖然沒聽過什麼具名之子，但是真沒想到你會從事這種下三濫的副業呢。」
「我也沒想到妳竟然擁有這樣的力量。真讓人感興趣啊……過去進行調查時，妳應該不具備這種力量才是。」
「過去？」
「那是我們這邊的問題。不管怎麼說，看來有必要再次深入調查。」
如此說道的約翰舉起手中的劍。
克萊兒的鮮紅觸手跟著擺出備戰架勢，卻在下一刻無力融解。
『糟了，克萊兒。』
「咦？」
『魔力差不多要用完了。』
「我說妳啊……」
克萊兒的嘴角不由得抽搐。
「我的運氣真不錯。可以帶伴手禮回去給那位大人了。」
約翰臉上浮現正如「黑暗微笑」這個稱號的黑暗微笑。
這時，一道清脆聲響傳來。
伴隨宛如玻璃碎裂的聲音，瀰漫白色霧氣的世界出現一道裂縫。
「咦！」

一個人影從裂縫當中落下。
她是身穿漆黑戰鬥裝束，有著金色耳朵和尾巴的美麗獸人少女。
獸人少女落在克萊兒面前，以神祕的黑霧彈開「黑暗微笑」的劍。
「咕嗚！」
「黑暗微笑」以驚人的速度被打飛出去。
獸人少女看起來不過是輕輕將他揮開。這股強大的威力究竟……
身上繚繞黑色霧氣的獸人少女露出冰冷的視線佇立在原地。
「妳是……？」
「潔塔。」
她冷冷回應。
『離遠一點，克萊兒。她的能耐深不可測。』
歐蘿拉的聲音在克萊兒腦中響起。
聽聞她的聲音難得透露出緊張，克萊兒不禁感到驚訝。
克萊兒往後方退了一步，再次開口詢問：
「妳剛才出手救了我——我可以這麼判斷嗎？」
「現在還不能把妳交給教團。」
「咦？」
黑色霧氣開始搖曳。下個瞬間，潔塔已經出現在克萊兒身後。

「拜拜。」

潔塔一把揪住克萊兒的後領，將她扔進世界的裂縫。

「等……妳做什麼呀啊啊啊！」

克萊兒的叫聲愈來愈遠，在被裂縫吞噬之後澈底消失。

這個白霧瀰漫的世界，此刻只剩下潔塔和「黑暗微笑」的約翰。

「嘖……竟然壞了我的好事。」

「黑暗微笑」和潔塔展開對峙。

「嗯，初次見面。」

「果然現身了啊，闇影庭園。」

「黑暗微笑」邊說邊舉起手中的劍。

潔塔以一臉乏味的表情，看著他謹慎評估攻擊範圍的模樣。

「挺從容的嘛。妳是闇影庭園的幹部嗎？」

「你發現了？」

潔塔沒有回答，只是對「黑暗微笑」拋出另一個問題。

因為她早已明白自己是絕對的強者。

「發現什麼？」

「她的祕密。」

「妳是指那股力量嗎？那又如——！」

這個瞬間，潔塔的魔力開始膨脹。
面對強大到足以將自己壓垮的魔力，「黑暗微笑」的雙腿不停打顫。
「這、這……這股魔力是什麼……妳一直壓抑力量嗎！」
「要是不知道，還能再放過你一陣子的。」
「妳、妳在說什麼——！」
「既然你知道了，只好說再見。」
「這是什麼意……嗚嗚嗚嗚嗚嗚嗚！」
「黑暗微笑」的雙眼突然湧現黑色淚水。
接著黑霧從全身上下的毛孔迸出，他的肉體也跟著粉碎。
朝屍體瞥了一眼，潔塔輕聲開口：
「嗯。新招式感覺不賴。」
接著轉身朝空無一物的空間說道：
「結束了。」
像是在回應這句話似的，一名少女從空間裂縫之中現身。
同樣身穿漆黑戰鬥裝束的她，是有著一頭粉金色長髮的美少女維多莉亞。
「是，潔塔大人。」
她在潔塔面前單膝跪地。
「我發現歐蘿拉存在克萊兒大人體內。」

「果然是這麼回事啊……」

「嗯。一切都說得通了。所以吾主……」

「教團也察覺到了嗎？」

「還沒。」

「那麼計畫呢？」

「改成C計畫。」

「克萊兒大人將會是這個計畫的關鍵。不過對吾等來說，這亦是最理想的未來。」

「吾主說過，要好好看清未來。」

「這就是闇影大人的旨意嗎……」

維多莉亞將雙手交握在胸前，獻上自己的祈禱。

「計畫變更一事，也跟她說一聲吧。」

語畢，潔塔化為一陣黑霧消失。維多莉亞面帶淺淺的微笑目送她離去。

---

教室裡只聽得到在答案紙上寫字的聲音。

我緊皺眉頭，盯著桌上的問題卷。

「……看不懂。」

因為期末考愈來愈接近，小考也變多了。

如果小考不及格，就得提交課外報告。麻煩的是這種報告要求的內容往往多得嚇人。

為了不讓笨蛋學生被當掉，老師們也很拚命。

至今我一直像個路人那樣，以低空飛過的分數逃過不及格的命運。

不用說，是透過作弊的方式。

然而過度依賴作弊的我終於嘗到苦果。

——因為艾薩克同學今天缺席。

艾薩克同學是班上成績最好的資優生，座位也剛好落在能夠瞄見答案紙內容的方向。

因此就算說艾薩克同學是為了讓我作弊而生的學生也不為過。都是託了他的福，我才得以完美調整自己的成績。

沒想到艾薩克同學今天竟然沒來！

因為這樣，我陷入了不及格的危機。

「咕……！」

想作弊的話，重點在於要抄誰的答案。偷窺笨蛋的答案紙沒有任何意義。

望向右邊。尤洛的視線在空中游移，看起來相當迷茫。

這傢伙派不上用場。

望向左邊。賈卡以奇怪的角度望著課桌下方。

這傢伙也派不上用場。

靠得住的人……大概只有斜前方的公爵家千金克莉絲汀娜同學吧。
她雖是班上排行前五名的資優生，不過這裡有個問題。
從我的角度看過去，她的答案紙有一半以上是被遮住的。
我已經把可見範圍內的答案都抄下來了。
但是這樣頂多讓我拿到四十分，跟及格的六十分還有一段距離。
要隱藏自身氣息，移動到能清楚看見答案的位置抄寫嗎？
可是即便隱藏得了自身氣息，也隱藏不了肉體。要是在這個明亮又沒有遮蔽物的空間裡移動，就算隱藏氣息還是會被看見。
班上有這麼多雙眼睛，絕對會露餡。
這樣一來，只能用無法以肉眼捕捉的高速移動了。
這個我做得到。
只要認真起來，輕輕鬆鬆就能做到。
不過這麼做有個大缺點。
雖然是肉眼無法捕捉的高速移動，還是會因為風壓而穿幫。
還可能把答案紙吹飛。
不，說不定連克莉絲汀娜同學都會被吹走。
這樣可就得不償失了。
因此在以肉眼看不見的速度移動同時，還得小心注意不能產生風壓。

沒想到區區的小考，會迫使我展現這麼高超的技能。
我做得到嗎……
至今為止，我做過無數次高速移動的訓練。但是完全沒做過在不產生風壓的情況下高速移動的訓練。
課外報告是很麻煩的東西，足以用掉整整兩天的假日。
「……還是上吧。」
在這個時候放棄，有辱路人角色之名。
我開始凝聚不會被任何人發現的細微魔力。
見識一下我完全沒練過的這招吧。
就在這個瞬間——
「喂，那邊的同學！你在做什麼！」
「——唔！」
竟然穿幫了？
我的魔力因為驚訝而消散。
但是老師的視線並非落在我身上。
他看的是我旁邊的座位——
「尤洛．加里！你剛才在作弊對吧！」
「我、我我我我我我我沒有！我沒有偷看克莉絲汀娜同學的答案！」

一臉蒼白的尤洛一邊發抖一邊回答。

「喔～竟然自己招供了。我從剛才一直盯著你。給我離開教室，之後提交雙倍的報告。」

「怎、怎麼這樣……」

尤洛失魂落魄地走出教室。

克莉絲汀娜同學對著他投以看到垃圾的視線。

好、好了，重新整理心情吧。

再次凝聚細微魔力——就在這個瞬間。

「喂，那邊的同學！你在做什麼！」

又來了？

我驚訝地抬起頭來，但是老師看的不是我。

他的視線再次落在我身旁的座位。

「賈卡．伊莫！你在桌子底下偷看什麼？」

「本、本本本本本本本人沒有！本人沒有偷看藏在桌子底下的小抄！」

這麼回答的賈卡，臉上冒出宛如瀑布的冷汗。

「喔～老實是件好事。給我離開教室，之後提交三倍的報告。」

「變、變多了……」

賈卡踩著搖搖晃晃的腳步走出教室。

「下一個被我抓到作弊的傢伙，報告增為四倍。」

這麼宣布的老師緊緊盯著教室裡所有人的動靜。

尤洛跟賈卡那兩個混蛋，竟敢做出多餘的舉動。

因為他們的關係，我的風險瞬間大幅上升。老師也進入高度警戒狀態。

——不過。

「……我不允許妥協。」

再次開始凝聚魔力。

感覺時間流逝變得緩慢。

這一刻的我或許做得到。

專為作弊而生的夢幻路人式奧義——第四十九招！

「看好了——」

在我全神貫注的同時，傳來「咚！」的一聲，似乎是某種物體墜落的聲響。

「……」

面對太過出乎意料的事態時，人類似乎會變得說不出話來。

克萊兒姊姊不知為何從天而降，整個人跌在老師身上。全班同學見狀不禁啞口無言。

我也沒料到姊姊會做到這種程度。之所以搞失蹤，其實是為了這一幕埋下伏筆嗎……

「不能把我交給教團是什麼意思！」

姊姊踩著老師的身體起身，朝著無人的空間吶喊：

「快告訴我！我可是有特別的力量——！」

姊姊這時才猛然轉頭環顧教室，表情也變得嚴肅起來。
「克萊兒．卡蓋諾。妳的教室不在這裡。」
被她踩在腳下的老師以痛苦的嗓音擠出這句話。
「啊，呃……那個……欸嘿。」
姊姊頓時滿臉通紅，露出不知道是在笑，還是臉部抽筋的表情。
「對、對不起！打擾了！」
火速朝著老師鞠躬之後，姊姊便匆匆忙忙離開教室。
之後肯定會被叫去訓話吧。
突然從天而降、對著沒人的空間說話、主張自己擁有特別的力量——她的中二病程度似乎比我想像的還要嚴重。
不過唯獨這次幫了我一個大忙。
「……都是託姊姊吸引眾人目光的福。」
我看著空格欄位全部填滿的答案紙，露出微笑。

離開學生指導室之後，克萊兒輕輕嘆了一口氣。
「吃了不少苦頭呢。」

在學年主任將近一小時的訓話後，現在照進走廊上的陽光已經染上一片橘紅。
學生們的交談聲從遠處傳來。
克萊兒的腳步聲迴盪在無人的走廊上。
「怎麼偏偏是在席德班上……明天要用什麼臉見他啊。」
雙頰泛紅的她，對著無人的空間開口：
「這全都是妳的錯。」
『好過分。明明不是我的錯。』
「既然這樣，就告訴我究竟發生了什麼事。我被奇怪的人綁架到奇怪的空間，然後從天而降摔在老師身上——就算我這麼說，也不可能有人相信吧。主任差點就要介紹醫生給我。」
『妳還是不要知道比較好。一旦知道便無法回頭了。』
「我說啊～都發生這種事了，我怎麼可能接受自己一無所知呢。我現在可是很生氣喔。」
『……不行。不能讓妳遇上危險。』
「我已經遇上危險了。妳不說的話我就自己調查。我絕對不會讓事情就此結束。」
『沒用的。』
「有沒有用由我來決定。災厄魔女歐蘿拉小姐。」
『妳是從哪裡聽來這個名字……！』
「我多少也會自己調查——」
克萊兒說到這裡，停下腳步。

原本無人的走廊上，不知何時出現一名銀髮少女。
「抱歉打擾妳自言自語，克萊兒．卡蓋諾小姐。我想跟妳談一下。」
少女的鮮紅眼眸對克萊兒投以倍感興趣的眼神。來者正是米德加王國的公主亞蕾克西雅．米德加。
克萊兒沉下臉。
「我不是在自言自語。」
「但是這裡沒有其他人。」
亞蕾克西雅刻意環顧周遭。
克萊兒的臉色變得更加難看。
「亞蕾克西雅公主。我沒有跟妳感情融洽地聊天的打算。」
「看來妳很討厭我呢，克萊兒小姐。我們應該是初次見面吧？」
「老娘就是不想跟用花言巧語蠱惑席德的混蛋公主說話啦。」
克萊兒的眼神變得犀利到足以殺人。
她幾乎是惡狠狠地瞪視亞蕾克西雅。
「啥？那是有原因的好嗎！我並沒有蠱惑他的意思。」
亞蕾克西雅顯得有些不知所措，視線開始在半空中游移。
「哈啊？妳動搖了嘛。我聞到說謊的味道。」
「妳很失禮耶，我才沒有動搖！而且妳那是什麼態度！因為妳是那傢伙的姊姊，我原本還打算客客氣氣跟妳說話的。」

「妳果然是個裝模作樣的騙子。」

聽到克萊兒以不屑的語氣開口，亞蕾克西雅不禁「嘖」了一聲。

「你們果然是姊弟。失禮的態度一模一樣。」

「咦，妳說我跟席德一模一樣？」

「對、對啊。失禮的態度……」

「是嗎～一模一樣啊……欸嘿嘿。」

克萊兒露出燦爛的笑容。

「等等，妳是怎麼了？」

「妳挺有看人的眼光嘛！」

「呃……」

被克萊兒一把攬住肩膀，亞蕾克西雅的臉上滿是困惑。

「妳想跟我談談是嗎？」

「是這樣沒錯……」

「真拿妳沒辦法。雖然我現在很忙，還是可以撥出一點時間給妳。」

「謝謝……」

「順便再問一下，我跟席德還有其他相似之處嗎？」

「都、都是黑髮……？」

在夕陽照耀下，兩人並肩走在走廊上。

「……這裡是？」

「只有掌權者才能進入的特別會客室。」

踏進氣派奢華的房間裡，伸手開燈的亞蕾克西雅如此回答。

「掌權者？」

「我好歹也是王族成員。」

「噢，這麼說也是。」

亞蕾克西雅腦中浮現「這傢伙完全忘記這回事」的想法。

「請坐。」

「布料品質很不錯呢。上頭的刺繡也很美。完全是在浪費稅金。」

「欸，有沒有人說過妳經常會說多餘的話？」

「從來沒人說過。」

就這麼妳一言我一句的同時，克萊兒和亞蕾克西雅坐在軟綿綿的大型沙發上。

這個寬廣的房間裡，現在只有她們倆。

亞蕾克西雅再次望向面對面的克萊兒。

有著黑髮紅眼的她，是文武雙全的資優生。
據說最近實力突飛猛進，也取得了加入騎士團的內定資格。
原來如此。跟弟弟恰恰相反——除了失禮的態度以外。
「妳為什麼擺出一臉認真的表情？」
「因為我有認真的事要談。」
「我知道。我不會把席德交給妳的。」
「我、我才不要！」
聽到自己的嗓音因為焦急變得尖銳，亞蕾克西雅清了一下喉嚨加以帶過。
「我想談的是妳在課堂上從天而降，摔在老師身上那件事。」
「怎麼，妳要說教嗎？」
「我只是想問妳發生了什麼事。」
「我從教室外頭以魔力縱身一躍，襲擊那名老師——因為壓力太大，我的腦袋好像變得有點奇怪——雖然自己也搞不清楚，不過就是這麼一回事——我會深刻反省——」
克萊兒以讀稿一般的平板語氣回答。
「我想聽的不是這種檯面上的藉口。」
「我的悔過書就是照著剛剛說的內容寫成的。」
「可是事實並非如此吧？」
「這是什麼意思？」

「我知道妳一直在暗中調查魔人迪亞布羅斯的情報。」
亞蕾克西雅邊說邊將從克萊兒房間拿來的資料攤開在桌上。
「等等，這是我的……！」
「妳應該不是因為興趣使然才調查的吧？」
「……妳想知道什麼？」
克萊兒的表情變得認真。
「一切。我想知道這間學園究竟發生什麼事。」
「……妳不會笑我吧？」
「絕對不會。」
「真的？」
「真的。」
陷入沉默的克萊兒移開視線。
她直直望著沒有任何東西的空間。那雙眸子看起來彷彿在跟某人說些什麼。
過了片刻，克萊兒搖搖頭。
「抱歉，歐蘿拉。」
「咦？」
聽到沒頭沒腦的這句話，亞蕾克西雅不解地偏著頭。
不過克萊兒這句話並不是對亞蕾克西雅說的。她的雙眼仍然望向空中。

「我已經瀕臨極限了。什麼都不明白，讓我相當不安……」
克萊兒的肩膀微微顫抖起來。
「抱歉，沒什麼。」
如此說道的她又輕笑了幾聲。
「……妳還好嗎？」
「一點都不好……所以我會坦率說出一切。我接下來要說的內容聽起來可能很荒唐，要不要相信是妳的自由。」
「我相信。」
在亞蕾克西雅看來，眼前的克萊兒並不像打算說謊。
「真的嗎？那我就從介紹她開始嘍。」
「……『她』？」
「她叫歐蘿拉。是人稱『災厄魔女』的幽靈。打個招呼吧。」
然而克萊兒指示的地方看不到半個人影。
亞蕾克西雅試著定睛凝視，又揉揉自己的眼睛，還是什麼都沒看到。
「我跟她初次相遇，是在——」
看到克萊兒彷彿那裡有人一般說了起來，亞蕾克西雅不禁有些後悔剛才表示會相信她。

「——就是這麼一回事。」

待克萊兒道盡一切後，已是太陽澈底下山的時間。

在暖爐柴火燒得劈啪作響的室內，亞蕾克西雅端起咖啡啜飲，稍做休息。

「……我大概明白了。」

「妳願意相信我嗎？」

「是的。因為儘管聽起來荒誕無稽，卻也有著環環相扣的要素。」

「環環相扣？」

「沒錯——一切都環環相扣。闇影庭園、迪亞布羅斯教團，以及這間學園裡發生的事件。不過幽靈的存在還是讓人半信半疑就是了。」

「歐、歐蘿拉是真的存在啦！她現在就坐在我旁邊呵呵笑呢！」

亞蕾克西雅朝只有克萊兒的沙發瞄了一眼。

「先撇開幽靈的問題不談……」

「就跟妳說她真的存在！」

「不過我聽過『災厄魔女』歐蘿拉這個名號。迪亞布羅斯教團的幹部曾經提起。」

「迪亞布羅斯教團跟歐蘿拉有關係嗎？」

「這點我不確定。我個人也調查過，但是和『災厄魔女』相關的文獻幾乎都沒能留存。唯一知道的，只有她曾為這個世界帶來重大災厄。」

「歐蘿拉，妳曾經帶來重大災厄啊？」

克萊兒對著身旁的幽靈開口。

她似乎在跟對方對話。

「嗯嗯，原來是這樣。歐蘿拉說是她消滅豬頭半獸人的。因為生理層面實在無法接受。」

「……重大災厄指的應該不是這件事。」

「不是嗎……嗯嗯，原來如此。歐蘿拉說在神盾埃癸斯上頭塗鴉的人是她。因為她不知道那原來是這麼有名的盾牌。」

「絕對跟這件事無關！更何況神盾埃癸斯現在依然下落不明……」

「這樣啊，也不是這件事嗎？那——」

「——先不管這個問題！我們繼續往下說吧。」

「但是歐蘿拉說她還有很多英勇事蹟……」

「別說了，回歸正題吧！」

亞蕾克西雅乾咳幾聲。

「首先我們必須釐清在學園裡發生的事件。」

「說得也是。」

克萊兒露出認真的表情。

「關於妳被困在神祕空間那件事，我也有過類似的經驗。那是在『聖域』發生的事——」
亞蕾克西雅向克萊兒說明她在聖域的那段體驗。
「——的確很類似。」
「學園裡也出現類似『聖域』的現象。另外，妳還跟什麼『黑暗微笑』交手了吧？他應該也是迪亞布羅斯教團的相關人物。」
「那個人是第三騎士團的第四小隊隊長約翰子爵。」
「我有設想過這種可能性，然而迪亞布羅斯教團的成員果真混入騎士團了。看來沒辦法信任現在的騎士團。」
「愛麗絲大人呢？『緋紅騎士團』應該值得信賴吧？」
「王姊她……最近很忙。總之，迪亞布羅斯教團在暗中計劃著什麼，還為此擄走學園的學生，這點絕不會有錯。」
「暗中計劃著什麼？」
「米德加學園裡發生近似『聖域』的現象。換句話說，就算這間學園和『聖域』同為封印魔人迪亞布羅斯的區域，恐怕也不足為奇。」
「對了，我聽說過米德加學園封印著迪亞布羅斯右手的傳聞，但……應該只是傳聞吧？」
亞蕾克西雅輕輕搖頭否定。
「也不見得喔。」
「咦，真的嗎？」

「我還沒有掌握確切的證據……不過圖書館裡有記載學園歷史的禁書。倘若迪亞布羅斯的右手真的被封印在學園裡，書中必定會有相關記載。」
「王族權限是否能進出禁書庫呢？」
「辦理相關手續需要花一點時間。」
「那麼現在要怎麼辦啊？」
「只能偷溜進去了。」
亞蕾克西雅露出不懷好意的笑容。
「要是被發現，可是會引發大問題耶。」
「不要被發現就好。既然騎士團跟老師都無法信任——只能靠我們自己解決了。」
「如果被發現，我的內定資格可能會被取消。」
「我來僱用妳。我很習慣扔金幣給別人喔。」
「有必要用扔的嗎？」
「階級關係很重要呀。」
「唔～」
「不管怎麼說，只能放手一搏了。即使是在這個瞬間，迪亞布羅斯教團都在暗中活躍，闇影庭園的勢力也逐漸集結。再這樣放任下去，只會徒增犧牲者。」
聽到亞蕾克西雅的說法，克萊兒閉上眼睛思考半晌。然後才緩緩開口：
「妳不考慮把這個問題交給闇影庭園處理嗎？」

出人意表的這句話，讓亞蕾克西雅頓時語塞。

「……闇影庭園是各方面都成謎的神祕組織。我不清楚他們和教團對立的理由，也沒辦法無條件地信賴他們。」

「會嗎？我在無法治都市似乎被他們拯救過呢。」

「就算這樣……他們還是很危險。那種程度的強大戰力，要是哪天轉而對準這個國家——王姊這樣的擔憂也不無道理。」

「是喔……不過我或許可以理解。因為闇影光憑自己的力量，就能澈底壓倒『噬血女王』伊莉莎白。倘若『噬血女王』的力量如同傳說那般強大，那麼闇影就是超乎常理的存在。」

「希望只是因為那時的『噬血女王』處於比較衰弱的狀態……如果她真的像傳說中那麼強，米德加王國今後恐怕只能看闇影的臉色過日子。」

「也就是說只要走錯一步，闇影庭園可能會成為更勝於迪亞布羅斯教團的威脅吧？」

「沒錯。闇影庭園裡有著人稱『七影』的隨侍存在。身為闇影心腹的她們，戰鬥能力極為強大，幾乎個個都是足以和愛麗絲王姊匹敵，甚至凌駕其上的強者……除了闇影以外，這個組織本身的力量也不容小覷。」

「這麼說來，還有個名叫潔塔的獸人……看到她的時候，歐蘿拉很罕見地提高警戒。甚至說她的能耐深不可測。」

「我也希望他們能跟我們站在同一陣線。可是……我現在還無法澈底信任闇影庭園。畢竟他們實在過於危險。」

亞蕾克西雅輕咬下唇。

「說得也是……我們現在只能做自己做得到的事。我願意協助妳，亞蕾克西雅。」

「謝謝妳，克萊兒。」

克萊兒將烙印著魔法陣的那隻手緊緊握拳。

「只是默默等待的話，什麼都不會開始。關於歐蘿拉、我手背上的魔法陣，還有闇影……我都必須弄清楚才行。謝謝妳，亞蕾克西雅。」

「咦？」

這句出乎意料的發言，讓亞蕾克西雅有些愣住。

「謝謝妳聽我說了這麼多。我一個人什麼都做不到，因此覺得很不安。看到妳願意相信我，讓我的心情輕鬆不少。」

「……嗯。」

「所以我也能體會妳的感受。一個人想必很孤單吧。」

「我並沒……」

亞蕾克西雅的嗓音微微顫抖。

王姊有如被什麼東西附身，對亞蕾克西雅不聞不問，只顧著拚命磨練自己的劍技。

蘿絲則是拋下她，獨自去了遙遠的地方。

至於夏目……亞蕾克西雅原本就不信任她，所以無所謂。

「一起加油吧。」

亞蕾克西雅自然而然握住克萊兒朝自己伸出的那隻手。那是被溫暖所包覆的感覺。

「謝謝妳，克萊兒。」

「不客氣。這樣我也方便監視妳。」

低聲輕喃的克萊兒使勁握住亞蕾克西雅的手。

「咦？」

「這樣就能驅逐一隻害蟲的話，那倒是很划算。」

「妳、妳握得我很痛喔，克萊兒。」

「哎～呀，真抱歉。請多指教嘍，亞蕾克西雅。」

「請、請多指教，克萊兒。」

亞蕾克西雅也以同樣強勁的力道回握，兩人相視而笑。

這兩人還真像呢——一旁的幽靈小姐如此心想。

---

克萊兒和亞蕾克西雅來到女生宿舍的某個房間外頭。

「欸，克萊兒。妳說的是真的嗎？」

亞蕾克西雅帶著一臉狐疑的表情問道。

「真的啦。問妮娜肯定不會有錯。以前席德好像有跟她提過想看禁書庫的書，隔天妮娜真的

就替他弄來了！」

「真的嗎～？感覺愈來愈可疑了。」

「沒問題的。因為席德不可能對我說謊。」

「哪有這回事。他可是滿腦子欺瞞跟欲望的男人。」

「我說妳啊，不准瞧不起席德。」

「我只不過是說出事實。」

亞蕾克西雅伸手敲門，結束這段對話。

「來了來了～」

一個輕快的嗓音傳來，房門也跟著打開。

「嗨～克萊兒。幸好妳平安無事。小妹好擔心呢。」

房間主人是個蓄著酒紅色長髮的嬌小女性。

「抱歉，讓妳擔心了，妮娜。」

「妳沒事就好。下次失蹤時，記得先知會一聲喔。」

「如果做得到的話，我會的。」

「不過這個組合真是罕見耶。初次見面，亞蕾克西雅公主。」

妮娜側眼望向亞蕾克西雅。

「妳好。幸會，妮娜小姐。」

「叫妮娜就行了。妳們是什麼時候變得要好的？」

「並沒有變得要好。」
「更接近是敵人。」
亞蕾克西雅和克萊兒幾乎同時回答。
「無所謂啦。總之先進來再說。妳們應該有事吧？」
如此說道的妮娜邀請兩人進入房內。
她坐在床上，翹起腳來。亞蕾克西雅和克萊兒則是坐在造型簡約的椅子上。
「進入正題之前，可以先請教妳一件事嗎？」
發問的亞蕾克西雅似乎不知道該看哪裡。
「請，儘管問吧。」
「妳為什麼只穿著內衣？」
不知為何，妮娜是一副只穿著內衣的性感模樣。
儘管個子嬌小，體型卻相當凹凸有致。就算是女性，也會不自覺被那姣好身材吸引目光。
「因為舒服啊。」
「妳一直都是這樣嗎？」
「對啊。四越商會的內衣，無論穿起來的觸感或造型都是一流的。」
妮娜以挑逗的動作撩起內衣半透明的部分，微笑說明。
「我說妳啊……等等告訴我產品編號。」
「當然沒問題。不過還有其他推薦的款式喔。」

「也讓我看一下那些款式吧。」

亞蕾克西雅一臉認真地開口。

「明明就沒有展現的機會。」

克萊兒以鼻子哼笑一聲。

「少囉唆。」

亞蕾克西雅瞪了她一眼。

「比起這個，還是趕緊進入正題吧。」

「是啊。也快到小妹就寢的時間了，還請妳們長話短說。熬夜可是水嫩肌膚的大敵。」

「是是是。我想問妳禁書的事。妳是怎麼弄到手的？」

聽到克萊兒的提問，妮娜眨了幾下眼睛。

「禁書？不懂妳在說什麼耶。」

「不用裝了，席德全都告訴我了。妳從禁書庫裡替他弄來禁書對吧？」

「是小老弟說的？小妹怎麼可能做出這種事。」

「就說不用裝了。」

「小妹並沒有裝傻，而是真的聽不懂妳在說什麼。」

「真的嗎？」

「真的。更何況小妹怎麼有辦法潛入禁書庫呢。」

「我就說嘛。一定是波奇在胡說八道。」

亞蕾克西雅以看笑話的語氣這麼說。
「少、少囉唆！妮娜，這是真的嗎？妳真的沒有隱瞞什麼事嗎？」
「妳、妳冷靜一點，克莱兒！當然是真的！」
克萊兒抓住妮娜的雙肩用力搖晃，後者內衣的釦子也因此鬆開。
「嗚嗚～～～～！」
滿臉通紅的克萊兒緊咬下唇。
「席德那個笨蛋！竟然又欺騙我！這次絕不會原諒他！」
「妳果然被騙了。」
「吵死了、吵死了！算了，我要回家！」
「回老家嗎？」
「回房間啦！」
「等、等等，妳等一下啦！我們還得討論明天的計畫……」
看到克萊兒滿臉通紅地走出房間，亞蕾克西雅急急忙忙追了上去。
「啊，抱歉打擾了！」
「雖然不知道妳們打算做什麼，但別太勉強喔。」
面對妮娜這句話，亞蕾克西雅回以一個曖昧的笑容，然後關上房門。
待室內恢復寂靜，妮娜起身走向窗邊。
「好啦。」

鈕子鬆開的胸罩掉落在地。妮娜的身影倒映在玻璃窗上。
左側乳房有一道深深的傷疤。
「……差不多該行動了。」
她以纖細的指尖撫過那道疤痕。
然後以冰冷視線望向眼前深沉的夜色。

我喜歡夜間散步。
沐浴在月光下的世界無比寧靜，能夠消除內心的迷惘。
雖然最近沒什麼值得迷惘的事，但是上輩子的我為了成為「影之強者」，有時會在理想與現實的夾縫中搖擺不定。
這時專心致志地修行是很好的選擇。不過在夜晚外出散步，順便重新審視自我也不賴。
在一片寧靜的世界裡抬頭仰望明月。光是這麼做，就能塑造「影之強者」的氛圍。
要是遇上製造高分貝噪音的飆車族，就打著正義的名號使用鐵撬加以制裁。
就是因為這樣，在進入這間學園就讀後，我時常在深夜溜出宿舍，到外頭散步。
最近則是熱中於在學園頂樓俯瞰夜晚的世界。
「喀喀喀……」

光是像這樣發出自信的笑聲，感覺就超帥氣的。
今晚的月色格外動人。
我掏出澈底洗淨戴爾塔口水的紅色寶石，將它對著月亮。
寶石綻放的暗紅色光芒，看起來既夢幻又璀璨。
「裡頭好像還蘊藏著魔力。不知道值多少錢呢？」
哎呀呀，戴爾塔這次的功勞可不小。
我已經開始期待讓它參加四越商會的拍賣會了。
若是賣個不錯的價錢，就把我內心的購物清單裡的「影之強者套組」買齊吧。
黑獅子鬃毛披肩、黑暗水晶餐具，還有……
「……嗯？」
不經意望向一旁，發現有個身穿黑色長袍的大叔站在頂樓一角。
竟然出現在這種地方，挺罕見的。
嗯？仔細一看，他身上穿的好像是黑暗蜘蛛絲材質的黑色長袍？
那深沉且泛著光澤的黑，想必不會有錯。
是便宜貨絕對表現不出來的超高級質感。
「……品味不錯嘛。」
我開始觀察穿搭很有型的大叔。
他有一頭及腰的銀色長髮。

深邃的五官加上宛如飛鷹的銳利雙眸，看起來很帥氣。
豎耳傾聽，發現他似乎在自言自語些什麼。
「比原本預定的時間更晚吶。跟構造圖對照的話……」
原來是小偷先生。
會攜帶建築物構造圖潛入學園的，想必也只有這種人了。
畢竟學園裡好像收藏了大量貴重的古文物。
也就是說，這位大叔是帥氣的盜賊。
「他們果然介入其中嗎？不過礙事者格殺勿論……如此而已。」
他還不知道正被我盯著看，輕聲道出含意深遠的台詞。
連用字遣詞都很有品味耶。
就在這時，帥氣的盜賊突然轉過頭來。
我們瞬間四目相接。
我雖然消除自己的氣息，但是沒有隱形。所以理所當然被他發現了。
「啥！你是從什麼時候出現在那裡——！」
「啊，請不用在意。我只是出來散步一下。」
我不打算打擾大叔，所以展現出自己人畜無害的一面。
「看起來不像騎士團成員。你是什麼人？」
「大概只是平凡的學生吧。」

「學生嗎……從你的舉止看起來不像在說謊。沒想到抵達這裡的第一天，竟然就被普通的學生撞見了。」

「我覺得也是會有這種事啦。那麼再見嘍。」

「慢著。既然被你看到，就必須滅口才行。」

「啊，我不打算妨礙你的計畫喔。就算有小偷入侵米德加學園，也不關我的事——」

然而帥氣的盜賊不肯聽我辯解。

「你的運氣真差啊，少年。」

「噢。」

我將上半身往後傾，避開朝著頸部揮來的兩把鐮刀。

他的攻擊速度還算快，以小偷來說身手很不錯。

真不愧是帥氣的盜賊。

「啥——！竟然躲開了？」

帥氣的盜賊提高警戒，和我拉開距離。

「你……不是普通的學生吧。」

他的嗓音變得低沉。

「我真的沒有打算妨礙你耶。」

「從身手來看，是騎士團的特殊部隊嗎？你是第一個能夠騙過我的人呢。」

「我只是個平凡無奇的學生。」

「說什麼蠢話。『黑暗微笑』就是你殺的吧？那位大人平時可不會召集援軍。難怪會派遣我這個『闇蜘蛛』過來……」

「嗯，我想你認錯人了。」

「不過，你太不走運了。」

「不走運？」

「我啊——可是比『黑暗微笑』來得更強。」

帥氣的盜賊以鐮刀砍向我的手臂。

喀鏘！

一陣清脆聲響傳來，我的手臂迸出火花。

「沒、沒能砍斷？」

我的制服開始變化。

漆黑史萊姆有如液體那樣流動，將我的整隻手臂包覆，並在前端生出鉤爪。

「黑色裝備……你是闇影庭園……！」

帥氣的盜賊連忙和我拉開距離。

然而，無論他採取什麼行動，結果都不會改變。

「好快——！」

我一瞬間逼近到他的眼前，以鉤爪挖出他的心臟。

「怎麼可能……這、這股力量……！」

「嗯？」
帥氣的盜賊用雙手緊握我的鉤爪，表情也變得扭曲。
「莫非……不對，怎麼可能在這裡……假扮學生……芬里爾……大人……非常抱歉……」
說到這裡，帥氣的盜賊吐出大量鮮血。
「哎呀呀，我又無謂地殺生了。」
為了避免沾染血跡，我小心翼翼地脫下帥氣的盜賊身上的黑暗蜘蛛絲長袍，再將他從頂樓踹落地面。
「——啊，糟糕。」
往下一看，發現帥氣的盜賊摔死了。
摔死是無所謂，運氣不好的是剛好摔在一座銅像上，結果身體被銅像手持的長劍貫穿。
感覺好像變成處刑了。
屍體要怎麼辦呢？
「……算了。」
他的血噴得到處都是，感覺清理起來會很麻煩。
就當成是我送給過著平凡學園生活的學生們的一個驚喜吧。
「嗯？」
回過神來時，發現周遭瀰漫著神祕的白色霧氣。
剛才明明沒有霧啊。

「霧……？」

不過在我眨眼的下個瞬間，這片霧氣便澈底消散。

「咦，是錯覺嗎……不，不對。」

我絕對沒有看錯。

儘管只有一瞬間，我確實看見白霧。

「……算了，沒差。」

就算看見一片白霧，這件事也跟我的人生完全無關。想賞霧的話，去山上就能賞個過癮。

比起這個，今晚就把黑暗蜘蛛絲的黑色長袍掛在牆上當作裝飾，好好睡一覺吧。

此處瀰漫著昏暗的白色霧氣。

四道圓形的紅色光柱照亮周遭。

「契合度真低……果然是素體的程度太差了嗎？畢竟最近都沒弄到惡魔附體者。」

一名身型纖瘦的男子站在圓形光柱前方。

他在手上的檔案寫了些字，然後嘆口氣。

「負責調度素體的部隊還沒有報告啊。」

仔細一看，紅色光柱當中隱約可見載浮載沉的物體。

是人類。

身上連接細長管路的四具人體，現正漂浮在紅色光柱的內部。

管路宛如生物不停伸縮蠕動，彷彿正從這些人體當中吸取著什麼。四個人類的臉已經變得毫無生氣。

「沒時間了……再這樣下去……」

男子焦躁地在紅色光柱前方來回踱步。

就在這時，一陣腳步聲從霧氣之中傳來。

「『細柳』。狀況如何？」

聲音的主人在霧氣之中停下腳步發問。

被喚作「細柳」的纖瘦男子連忙端正自己的站姿。

「我們已經從學園的學生之中，挑選四具魔力契合的素體帶回。目前吸收魔力的狀況很順利，我想遲早能解開封印……」

「遲早……啊。我記得之前就是四具素體吧？」

「那個，因為闇影庭園半路攪局……」

「細柳」不禁嚥了一口口水。

「這我已經聽過了。」

「因為闇影庭園派來的人物，似乎有著幹部等級的實力……」

「喔……會是『七影』嗎？」

身影籠罩在霧氣之中的男子，似乎對此很感興趣。
「是的，我想應該是從不曾在我們面前現身的『七影』。」
「這樣的話，八成是潔塔吧。」
「是。據說她很擅長逃跑和隱匿行蹤……」
「很少收到潔塔參與戰鬥的報告呢。我還以為她不擅長打鬥。」
「既然能殺死『黑暗微笑』，代表她的實力至少在具名之子之上。」
「哦～感覺挺有趣的嘛。對了，聽說你還找了取代『黑暗微笑』的人？」
「為了保險起見，我找來在具名之子裡實力也是位居前茅的『闇蜘蛛』。這樣一來，計畫想必能——」
「『闇蜘蛛』的話已經死嘍。」
「……咦？」
「他被學園銅像的長劍刺穿身體。」
「那個……這是……」
「是真的。」
「是、是真的嗎？不，我當然不是在質疑您。他是被潔塔所殺的嗎？」
「天知道。雖然不清楚犯人是誰，闇影庭園的動作倒是挺快的。真羨慕啊，我也想要有這樣的部下。」
「哈哈……」

「計畫延宕的問題，你要怎麼處理？」
「我打算要求本部再次派遣援軍。」
「先前發生的信用緊縮，大幅削減了我們的資金。第二級跟第三級的具名之子或許還能前來支援，但是就算聚集一群小嘍囉，真能對付他們嗎？」
「這、這個……」
「闇影庭園已經察覺這座遺跡了。再過不久可能就會突破防衛系統來襲。」
「我已經找到合適的素體了。克萊兒・卡蓋諾。如果允許的話，亞蕾克西雅・米德加也是人選。得到這兩個人的話，計畫想必馬上就能完成。」
「亞蕾克西雅・米德加啊……」
「果然還是有難度嗎？」
「……不，無妨。反正傑諾先前應該下手了，即使稍微來硬的，也還在接受範圍裡。畢竟吾等『芬里爾派』長年管理米德加王國。」
「那麼我馬上指示下屬行動。」
「要行動的人是你，『細柳』。」
「咦……？」
「你應該也很懷念戰場的感覺吧。難得我們替你在學園裡安插位置，就來運用一下吧。」
「那個，我的戰鬥能力已經……！」
這個瞬間，一陣風壓撫過「細柳」的頸子，留下一道傷口。

「憑藉『細柳』的立場，應該能讓那兩人掉以輕心吧。」

「……是。」

「我得忙著調整遺跡，你可得好好幹喔。」

「是。」

「細柳」逃也似的匆匆離去。

「……好了。」

霧氣之中投射出一個影像。

影像裡有兩名少女。分別是金髮獸人和粉金色長髮的人類。

她們是闇影庭園的成員。

「這就是潔塔跟傳說中的『聖女』嗎……沒想到會被闇影庭園撿走。要是那個國家知道了，將會怎麼行動呢？」

影像中的潔塔和維多莉亞在白色霧氣裡前進。

兩人的身後還有另一個人影。

此人穿著一襲不同於闇影庭園的長袍，以帽兜遮掩自己的長相。

「防衛系統已經被突破到第三層。依照『細柳』的行動結果……」

如此低語的男子頓時消失蹤影。

影像持續投射在這個空無一人的空間裡。

影像之中的金色眼眸筆直望向這裡。

# 二章

## 震撼的早晨，學園串刺殺人事件！

The Eminence in Shadow
Volume Five
Chapter Two

我神清氣爽地醒來。

都是因為昨晚免費弄到一件黑暗蜘蛛絲長袍的緣故。我滿足地欣賞在晨光照耀下閃閃發光的長袍，在比平常更早的時間前往學園。

好久沒有一個人上學了。

尤洛跟賈卡總是會拖到快遲到的時間才出門。

偶爾早點去上學也不賴吧。

一路上所見的學生都是平常不會看到的新鮮面孔。沐浴在朝陽之下穿越校門，也讓人心曠神怡……

「……才怪。」

「為什麼波奇會在這裡？」

「妳又為什麼在這裡，亞蕾克西雅？」

穿越校門之後，亞蕾克西雅的身影出現在我的眼前。

「一大早就能遇見我，好歹表現得開心一點吧？」

「哇～好開心。」

「這是理所當然的反應呢。」

「那麼，再見。」

「站住，不准逃。」

我快步往前走，但是亞蕾克西雅隨即趕上來，和我並肩同行。

「妳為什麼要跟著我？」

「看到你逃跑，我就會想追上來啊。」

「妳是猛獸啊。」

「能跟我一起上學，真是你的榮幸呢。」

「……」

「為什麼不說話啊。」

「……只是覺得妳的想法很幸福。」

「沒有你那麼誇張。」

邊跟亞蕾克西雅鬥嘴邊前進時，發現校舍外頭聚集大批人潮。學生七嘴八舌的交談聲傳入耳中。

「出、出人命了……！」

「是誰做出這麼殘忍的事……」

「喂，不准靠近！騎士團會過來處理，在他們抵達之前……」

我和亞蕾克西雅面面相覷。

「他們說出人命了！」

「過去看看吧。」

缺乏變化的平凡學園生活，久違地出現驚喜事件。

我會因為期待而情緒高漲也很正常。

會是什麼樣的屍體呢？我睜著閃閃發光的雙眼，擠過人群來到前方。

然後——為之愕然。

「啊，原來是這個。」

這麼說來，昨晚將他從頂樓踹下來之後，我就這麼扔著不管了。

完全忘得一乾二淨。

「好過分……竟然用銅像的劍刺穿那個人的身體。是處刑嗎？」

「我覺得那只是湊巧。」

「怎麼可能會是湊巧。用如此特別的手法殺人，肯定有什麼理由。」

「是嗎～」

亞蕾克西雅以極為認真的表情望著那具屍體。

「不過他是誰呢？看起來不像學園的相關人士。」

「我想應該是小偷。」

「也不像是騎士團成員。恐怕是入侵學園的外部人士……」

「我想應該是小偷呢。」

「難不成是教團？還是……」

「我想應該是小偷啦。」

「你從剛才就很囉唆耶。怎麼可能是小偷啊。」

「是。」

算了。

周遭的學生們看起來也很開心。仔細想想，這可說是符合原先計畫的結果。

「好可怕……難道又是那個組織下的手？」

「而且先前失蹤的學生，現在依然下落不明。」

「再加上之前的強大魔力……這件事恐怕有什麼蹊蹺。」

他們看起來果然很開心。

雖然真相不過是貓狗大戰，還有小偷從頂樓摔死罷了。看到現場氣氛這麼熱絡，身為在幕後安排一切的人，我感到相當滿足。

怎麼辦？今晚要不要以闇影的身分行動，讓相關事件繼續升溫呢？

「你幹嘛露出那種噁心的笑容。」

「嗯？噢，沒什麼。」

亞蕾克西雅以一雙紅色眸子好奇地打量我。

「兩位，現在方便說話嗎？」

這時，一名男學生朝我們搭話。

是有著深綠色頭髮的帥哥……艾薩克同學。

「嗨，艾薩克同學。真虧你昨天有膽子請假耶。」

「呃，你是席德同學對吧。我昨天有點事。怎麼了嗎？」

「有小考啊。」

「原來是小考。然後呢？」

「沒有然後了。」

「那就好。比起這件事，今天校方決定放假一天喔。」

「這樣啊。」

「畢竟發生了這種大事。接下來學園相關人士跟騎士團會介入調查，校方要求學生遠離案發現場。此外殺人犯可能還躲在學園裡，所以你們也要多加小心。絕不要離開自己的宿舍。」

「嗯嗯。」

「這下子很危險，波奇也要小心。」

「我知道了——」

就在這時，伴隨「喀嚓！」的聲響，有個東西套上我的頸子。

這是項圈？

「終於逮到你了～」

轉頭發現姊姊笑盈盈地站在身後。

「嗨、嗨～姊姊。好久不見。」

「真的好久不見了。我們最後一次見面，應該是寒假之前的事了？」
「對、對啊。」
糟糕，我太大意了。
因為覺得很麻煩，我這陣子總是躲著姊姊。
「欸、欸，克萊兒，那個項圈……」
「這個項圈怎麼了嗎？」
「那是妳的嗎？」
「對呀。我原本放在自己房裡，不知為何變成由騎士團保管的物品。我花了好一番工夫才拿回來。」
「這、這樣啊。這是拿來做什麼的？」
「做什麼……還用問嗎？」
「喀鏘！」面帶笑容的姊姊扯了一下鎖鍊。
「啊，嗯，是啦……也對，狗必須戴上項圈才行。」
「沒錯沒錯，項圈是必要的。」
「那個，我不是狗耶。」
「你在說什麼啊，你可是波奇。」
「席德真是的，怎麼會說這麼奇怪的話呢。我們走嘍，波奇……不對，是席德。」
姊姊握著鎖鍊，在眾目睽睽之下將我拉走。

這兩個人是什麼時候變得要好的？

「你竟敢放我鴿子。」

「啊、啊哈哈。」

姊姊將我帶到她的房間，整個人跨坐在我身上。

「而且還對我說謊。」

「說謊……妳指哪一次？」

「你說『哪一次』？」

使勁掐住我的脖子。

糟了，我這是自掘墳墓。

我對姊姊說過的謊多得數不清，所以壓根兒不知道她指的是哪一次。

「好、好痛苦……」

其實也還好。

「你該不會還有對我說過其他的謊吧？」

「沒有、沒有。」

其實有。

「真的嗎？」

「真的、真的。」

姊姊將臉貼近到鼻尖幾乎碰在一起的程度，直直盯著我的雙眼。

「……很漂亮的眼睛。這是內心光明磊落的證據呢。看來你現在沒有說謊。」

妳大概瞎了吧。

「就算說謊也會馬上被我拆穿，為什麼還要這麼做呢？」

「我明白。妳是指那件事吧。就是那件事。」

「沒錯沒錯。關於妮娜的謊。」

「妳說妮娜學姊？」

咦？

我有對姊姊說過什麼關於妮娜學姊的謊嗎？

「你該不會是忘了吧？」

「我沒有忘記。就是妮娜學姊的那件事嘛。那背後有著無法一言蔽之的複雜原因……」

「唉……反正你八成是想在我面前要帥，才會胡扯一通吧。」

「嗯，差不多就是這樣。」

「你的想法我可是一清二楚呢。」

「是的，我會反省。」

「很好，我原諒你。不過只有這次喔。」

話題結束。

然而姊姊的眼睛還是緊盯著我。

「姊姊，很重耶。差不多該起……嗚咕！」

我、我的脖子……！

「席德，你剛才說什麼？」

「我、我說姊姊很輕，身材很棒又很漂亮！」

「對嘛，這是當然的呀。」

「嗯嗯，理所當然。」

「呵呵呵。不管到了幾歲，席德都是老樣子呢。希望你能永遠維持這樣。我……」

姊姊開始營造出嚴肅的氛圍。

「姊姊？」

「如果你能一直維持這樣，無論多麼強大的敵人出現在眼前，我都會勇敢面對。」

「呃……」

這是那個毛病再次惡化的象徵嗎？

「席德，你聽我說。某個強大的組織已經將魔爪伸向這個學園。」

「啊，是這種模式。」

「不行，為了你的安全著想，我無法告訴你詳情……！就算你用這種眼神看我，我也不會說的！」

「這樣啊～」

「我會挑戰學園的謎題。這個作戰很危險，不過……如果是為了你，我覺得自己就能夠繼續奮鬥。」

「加油～」

「你也要多加小心，席德。你是我的親弟弟，所以有可能被盯上。不過，姊姊會努力的。我一定會打倒那些壞蛋……！」

「打倒他們吧～」

「對不起，讓你擔心了。對不起，我無法向你透露最關鍵的事。可是這都是為了保護你。雖然聽起來是我自作主張，還是希望你能明白。」

「我明白了～」

「另外……要是我沒有回來……要是我死了——」

原本一邊落淚一邊開口的姊姊，突然惡狠狠地瞪著空無一物的方向。

「我說啊，歐蘿拉。在這種感人肺腑的關頭，妳可以安靜一點嗎？咦，什麼？看起來很丟臉，所以要我別說了？哪裡丟臉了——！」

然後和一臉認真仰望她的我對上視線。

「姊姊……」

「啊，我、我剛才是……沒沒沒、沒什麼！我只是在自言自語！」

「姊姊，我能理解的。」

「席德……你能理解嗎？這是基於很深沉的理由……」

「那是當然。」

就是國中二年級學生會得的病。

「謝謝你，席德。讓你當我的弟弟，真是太浪費了。如果……如果我死了的話……！」

斗大淚珠從姊姊的臉頰滑落。

「姊姊不會有事的。妳絕對不會死。」

「席德——！姊姊絕對、絕對會活著回來！」

「好好好。」

姊姊用幾乎要折斷背脊的力道緊緊抱住我。

真希望這段三流戲碼趕快結束。

滿心期待的夜晚終於到來。

我悄悄溜出宿舍，一如往常佇立在學園頂樓。

學園進入高度警戒狀態，連進出宿舍都會受到嚴格控管。學生們看來也是心神不寧。

沒想到昨晚那個小偷這麼受矚目。這種有別於日常的感覺，實在令人興奮。

上輩子的我是個每次聽說有颱風要來，就會相當興奮的人。

明明是白天卻顯得有些昏暗的教室，再加上外頭的狂風暴雨——真是太棒了。
讓人有種好像會發生什麼事的感覺。雖然到頭來什麼事都沒發生。
活用上輩子的這類經驗，在這種關頭引發一些事件，或許正是我的使命。
早已厭倦平凡學園生活的學生們，想必也很期待能破壞這一切的事件。
「該怎麼辦呢……」
先是學園裡有四名學生失蹤，之後是貓狗大戰，又有小偷從頂樓摔死……有沒有什麼劃時代的事件能將這些串連在一起呢？
「巨大的魔法陣，或是詠唱咒語……好像沒什麼意義。嗯？」
原本在思考這些事的我，發現周遭不知何時開始瀰漫白色霧氣。
「咦，昨天也有過這種……是什麼異常氣候嗎？」
於是視野染成一片白色的我，站在一個看起來無邊無際的白色空間。
「嗯嗯？怎麼回事？」
真是奇幻。
我突然被轉移到其他空間。以前也發生過這種事吧。我記得是在聖域……
「你是誰？」
白色空間裡有一名少女。
看似稍稍比我年幼的她，穿著一襲純白連身裙，還有著一雙紫羅蘭色的美麗眼眸。
「嗨，好久不見。」

雖然年齡不同，但是我一看就認出她是紫羅蘭小姐。

「你是誰？新的研究員嗎？」

「難道不記得我了？」

「我、我不認識你。」

「這麼說來，妳好像說過自己的記憶很混亂之類的。」

「不要過來……！」

年幼的紫羅蘭小姐相當警戒我。

「妳不用這麼害怕。我不是正義使者，但也不是徹頭徹尾的壞蛋。」

「你……你為什麼會在這裡……」

「為什麼……回過神來就在這裡了。妳呢？」

「我……我……啊啊啊啊啊！」

紫羅蘭小姐抱頭苦惱。

「妳還好嗎？」

「我……！為什麼……啊啊啊啊啊啊啊啊啊啊啊！」

她瘋狂搔抓自己的頭，放聲尖叫。

看起來很痛苦。

「妳用不著勉強自己想起來。其實我也很健忘。為了全神貫注在重要的事情上，其他不重要的事馬上忘得一乾二淨。我是透過這種方式減少腦中的記憶。」

「我、我……不要……！住手，快住手……不要啊啊啊啊啊啊啊啊啊啊啊啊！」

尖叫的同時，紫羅蘭小姐釋放出驚人的魔力。

「哎呀。所以我才叫妳不要勉強回想嘛。」

我伸手輕輕揮開紫羅蘭小姐的魔力。

然後靠近她。

「不要過來啊啊啊啊啊啊啊啊啊啊啊啊啊啊啊啊！」

「這股魔力是怎麼回事。」

我感到相當吃驚。

雖然成人樣貌的紫羅蘭小姐也很厲害，但是眼前這個年幼的她，魔力量遠遠在那之上。

儘管如此，要迴避這種直線投射的魔力依然十分簡單。

我一邊錯身閃躲迎面而來的巨大魔力流，一邊走到年幼紫羅蘭小姐面前抓住她。

「不要！不要！不要！不要！不要啊啊啊啊啊啊啊啊啊啊啊啊啊啊啊啊啊啊！」

「好好好。」

我將紫羅蘭小姐擁入懷中，對她注入自己的魔力。

這跟治療惡魔附體者的要領相同。彼此的身體緊貼在一起的話，更能提昇效率。

「放開我……！放開……我……」

「如果有不願意想起來的事，忘掉就行了。」

隨著我持續注入魔力，原本失控的紫羅蘭小姐逐漸平靜下來。

緊繃的身子也跟著放鬆。

「那……沒辦法忘記的事呢？」

她輕聲發問。

「這個嘛……儘可能避免自己想起來的話，總有一天會忘記吧？」

「……我做不到。」

「這樣啊。有冷靜一點了嗎？」

「嗯……嗯。」

我放開紫羅蘭小姐，她以難為情的模樣低下頭。

「好了。該怎麼離開這裡呢？」

「……你要走了嗎？」

我踏出步伐，紫羅蘭小姐小跑步跟了上來。

「總是要走的。我還在研究離開這裡的方法。」

這個白色空間往四面八方無止盡地延伸。看起來不像有出口的樣子。

「大家都要離開。」

「也不盡然吧。」

「大家都死了。」

「有時候也會這樣。」

「你也會死嗎？」

「我不會死。」

總之我打算先活六百年，還在摸索之後的計畫。

「騙人。」

「或許吧。」

「不要走。」

「……找到出口之後，妳或許也能一起離開喔？如果可以直接炸毀這裡就簡單多了。」

成人的紫羅蘭小姐當初就是因為這樣而消失。

「我沒辦法離開這裡。」

「這樣啊。」

「你不要走。」

「……還會見面的。」

「騙人。」

「我沒有騙妳。」

「不然……把那個給我。」

紫羅蘭小姐指著我的口袋開口。

我從口袋裡掏出那顆紅色寶石。

「唔～但是這個是我的呢。」

「感覺很溫暖，能讓我心情平靜。」

「這只是普通的寶石喔？」
「不對。那是更珍貴的東西。」
「妳看得出來啊？」
「嗯。」
就在這時，傳來一道開門聲。
紫羅蘭小姐的身子抖了一下。
這個白色空間看不到任何一扇門。但是確實聽到開門聲。
『喂，妳跑到哪裡去了？』
人聲跟著傳來。
『妳躲起來了嗎！——號！』
「我、我得走了。」
「啊，等等。」
白色空間開始出現裂痕。
『給我像話一點！還想討皮肉痛——』
「等等，這個給——」
我抓住紫羅蘭小姐的手，白色空間卻在瞬間粉碎。
「——妳。」
我遞給紫羅蘭小姐的紅色寶石掉落地面。

我回到了原本的頂樓。
白色霧氣、白色空間、白色連身裙的少女，全都不復存在。
我撿起掉在地上的紅色寶石，將它放回口袋裡。
「難道紫羅蘭小姐就在附近嗎？」
我釋放魔力粒子，試著尋找她的存在氣息。
然而還是沒有找到。
取而代之的是——
「這是姊姊跟亞蕾克西雅的氣息？」
她們在那種地方做什麼？

「打開了。這邊。」
在月光照耀下，有兩個人影從窗戶入侵圖書館。
是亞蕾克西雅和克萊兒。
亞蕾克西雅率先爬了進去，以不太自然的動作警戒周遭。
隨後——
「喂，別擋路。」

「好痛！」

克萊兒從上方跳下來。

「妳在幹嘛，不是說好我先進來確認是否安全嗎？」

被她踩在腳下的亞蕾克西雅輕聲怒斥。

「慢吞吞的反而更容易被發現。所謂速度就是一切。」

「啊啊，真是的！妳快點走開啦。」

亞蕾克西雅推開克萊兒起身。

「快走吧，亞蕾克西雅。無論如何這次一定要成功。」

「妳還真是幹勁十足。」

「我有了不能輸的理由。因為我還有必須回去的地方——！」

克萊兒以堅定的眼神緊緊握拳。

「……雖然搞不太清楚，但是有幹勁是好事。」

亞蕾克西雅走在前頭，用鑰匙打開位於圖書館深處的一扇大門。

「妳是怎麼弄到這把鑰匙的？」

「透過權力。」

「原來如此。這裡就是禁書庫？」

室內並排著許多高大的書櫃。

「不，這裡只是書籍保管庫。禁書庫在更後面——」

亞蕾克西雅在巨大的書櫃前方停下腳步。

「好大的書櫃。這是古代文字……？」

「這個書櫃本身就是古文物。小時候父王唸給我聽的童話故事裡，有一個這樣的咒語。」

「咒語？」

亞蕾克西雅深吸一口氣。

「阿布拉卡達布拉，芝麻開門！」

寂靜籠罩了兩人片刻。

「蠢死了。」

「我、我才沒有開玩笑！我很認真的！這個咒語應該能夠打開！」

「妳在開玩笑嗎？」

「可能是我記錯咒語了。難道是阿布拉劈里啪啦——」

就在這時候——

一陣轟隆隆的聲響傳來，巨大書櫃也跟著打開。

「咦……還真的打開了。」

「原來正確的咒語是『阿布拉劈里啪啦』！」

亞蕾克西雅說得一臉得意。

「只是因為這個書櫃很老舊，所以花了點時間才有反應吧。」

亞蕾克西雅和克萊兒穿越巨大書櫃，朝內部走去。

「「太驚人了……」」

踏入禁書庫的兩人同時出聲讚嘆。

高掛在天花板的華美水晶燈，以典雅的光芒照亮每一座書櫃。並排在架上的書籍，外皮因為年代久遠而褪色，更加突顯獨特的風格。

「好了，記載學園歷史的書是哪一本呢？」

克萊兒望著架上一字排開的書背問道。

一本一本找的話，恐怕得忙到天亮。

「在心中默念就會出現。」

「別再開玩笑了。」

「就說我沒有開玩笑！像這樣——」

亞蕾克西雅將雙手舉到頭部的位置，做出奇怪的動作。

「妳在做什麼啦？」

「營造氣氛。學園的歷史書籍……學園的歷史書籍……學園的歷史書籍……阿布拉劈里啪啦！」

「蠢斃了。」

然而就在下個瞬間。

一本書伴隨著一道光芒飛來。

那本書飄浮到亞蕾克西雅面前，甚至自動翻開第一頁。

「騙人的吧……」
「看吧，我就說了。」
「這個古文物真是莫名其妙。好想弄壞它。」
「別這樣。這可是聽話又可愛的古文物。」
「那麼這本書寫了什麼？」
克萊兒一臉不耐煩地問道。
「唔～看不懂。」
「這是……古代文字。」
「簡單的古代文字我還看得懂，但是這本書就沒辦法了。妳呢，克萊兒？」
「我的古代文字也只有基礎程度。這個學科不怎麼受歡迎，基本上只有學術學園的學生會選修吧。」
「就是說啊～」
「現在怎麼辦？」
「這個時候……阿布拉劈里啪啦～幫我翻譯吧！」
亞蕾克西雅以撒嬌的嗓音開口，還用雙手比出愛心符號。
「真是噁心。這樣怎麼可能行得通。」
「不試試看怎麼知道。或許真的有這種方便的功能。」
『要、要、要、要翻譯嚕。咕呼呼……』

一個令人不適的聲音在禁書庫裡響起。

「咦，有說話聲？」

「有誰在這裡嗎？」

亞蕾克西雅和克萊兒環顧周遭，但是沒有看到其他人。

『我、我我、我是禁書庫的精靈嚕。我、我幫妳翻譯嚕。』

「真不愧是學園引以為傲的古文物。」

「好噁……這絕對是胖子的聲音。」

「等等，克萊兒，別說這種過分的話啦。」

『嗚嗚……我、我不翻譯嚕……』

「你看，它鬧彆扭了。」

「好啦好啦，對不起。」

「禁書庫先生，麻煩你翻譯嘍。」

『唔呼呼……我、我會加油翻譯嚕！妳、妳、妳希望我翻譯哪個部分嚕？』

「嗯，我想知道迪亞布羅斯的右手封印在什麼地方。」

『在、在、在學園的地底嚕。那裡有個地底遺跡嚕。』

「呃……這樣啊。一下就找到答案了……」

『……它意外優秀耶。』

飄浮在空中的禁書自動翻開書頁，以淡淡光芒標記剛才翻譯的文字。

『很、很～久很久以前，英雄曾經跟迪亞布羅斯在此地交戰嚕。迪亞布羅斯的右手被砍下來之後，就封印在這裡嚕。之後又發生了很多事，遺跡也因此形成嚕。』

「發生了很多事？」

『似乎發生過迪亞布羅斯右手的爭奪戰嚕。書中沒有詳細說明，不過好像發生過很多事，才把它藏在地底遺跡裡嚕。』

「要怎麼前往那個地底遺跡？」

『學、學園某處似乎有座被封印的教會嚕。那裡可以通往地底遺跡嚕。』

「你說的學園某處是哪裡？」

『咕呼呼……我、我沒辦法告訴妳書上沒寫的事嚕。』

「嘖，有夠沒用的……總之至少弄清楚迪亞布羅斯教團的目的了。他們想必是打算解除右手的封印。」

「綁架學生的理由呢？」

「八成是為了解除封印吧。愈是接近封印當下的魔力，愈容易成功解除。」

「所以他們才會物色魔力契合度較高的學生吧。要去找那座被封印的教會嗎？」

「……在那之前，我要先跟王姊談一談。」

亞蕾克西雅像是下定決心似的說道。

「這麼說來妳是王族呢。什麼啊，一開始這麼做不就好了？」

「妳以為我什麼都沒做嗎？」

「咦？」

「我跟王姊談過好幾次。關於學園的事件，還有在聖域發生的事。我早就跟她說明過這一切……」

「亞蕾克西雅……」

「可是……這次一定行得通。這次握有確切的證據，王姊想必會相信我。」

『加、加油，亞蕾克西雅～』

「給我閉嘴，死胖子。」

亞蕾克西雅露出犀利到足以殺人的眼神。

『噫、噫……！』

「亞蕾克西雅……我們差不多該離開禁書庫了。在這裡待太久會被發現的。」

「也是。但在離開前，這裡有提及迪亞布羅斯教團的書籍嗎？」

短暫的沉默後。

『……這裡沒有那種書嚕。』

「這樣啊……那就沒辦法了。」

「再見嘍。」

『拜、拜拜……路上小心嚕……』

一股魔力籠罩亞蕾克西雅和克萊兒。回過神來，兩人已經佇立在原先的書籍保管庫。

「只要有這本書，王姊一定會……」

亞蕾克西雅將禁書揣在懷中，走出書籍保管庫。

就在這時。

「妳們擅自拿走禁書，打算去哪裡呢？」

「——！」

亞蕾克西雅和克萊兒同時轉頭。

一名身材高挑的老人從書櫃陰影處現身。

有著細長臉型和凹陷眼窩的他，睜大眼睛狠狠瞪著兩人。

「你、你是圖書管理主任……」

亞蕾克西雅隨即將禁書藏到背後，但是為時已晚。

「亞蕾克西雅公主。就算是妳，擅自拿出禁書依然是重罪。更遑論妳身旁的普通學生。」

看到圖書管理主任望著自己，克萊兒皺起眉頭。

停學，或是退學。說不定還會給弟弟帶來影響。

「要殺了他嗎……？」

克萊兒輕聲詢問。她的眼神看起來極為認真。

亞蕾克西雅連忙將她推到一旁。

「圖、圖書管理主任！我們這麼做是因為有很重大的理由！能請你先聽我們說嗎？」

「既然亞蕾克西雅公主都這麼說了，我怎麼可能不洗耳恭聽。」

「非常感謝你。」

「換個地方吧。請跟我來。」

如此說道的圖書管理主任步出圖書館。

亞蕾克西雅跟上他的腳步，同時低聲質問後方的克萊兒。

「妳剛才打算做什麼啊？」

「要是我淪為罪犯，席德也會被瞧不起呀！別人可能會用『你姊姊是罪犯』這種理由霸凌他！他只是個軟弱無力的孩子，所以說不定會因此自殺……」

「絕對不會。」

亞蕾克西雅嘆了一口氣。

「亞蕾克西雅公主，請妳動作快。」

「啊，我馬上過去！」

亞蕾克西雅拉起克萊兒的手，小跑步追上圖書管理主任的身影。

「那個，請問我們要去哪裡？」

亞蕾克西雅開口詢問走在前方的圖書管理主任。

對方高挑的背影在昏暗走廊不斷前進。

「馬上就到了。」

「在教室裡也可以談吧。」
「……不然就在這裡吧。」
圖書管理主任說完便停下腳步。
這裡是走廊正中央。
「在這裡？」
「是的。因為相關準備已經完成。」
轉過身來的圖書管理主任，臉上掛著淺淺的笑意。
那是個令人不快的笑容。亞蕾克西雅不禁蹙眉。
「……亞蕾克西雅。」
後方的克萊兒拍拍她的肩膀。
「起霧了……」
「霧？」
環顧周遭，這才發現走廊瀰漫著白色霧氣。
「為什麼這種地方會起霧……」
霧氣轉眼間變濃。
類似某種東西碎裂的聲響傳來。
「這跟我被綁架時的情況相同……！」
「相同？」

下一刻，世界粉碎了。

眼前的景色，彷彿破裂的鏡子那般化為碎片。

「這、這是怎麼回事！」

自己明明站在學園走廊上，周遭的氣氛卻截然不同。

整個世界被白色霧氣籠罩。

空氣中隱約有股甜味。

「亞蕾克西雅，拔劍吧。」

在克萊兒的催促下，亞蕾克西雅拔劍出鞘。

「我們被包圍了。」

「咦？」

試著搜索敵方的氣息，亞蕾克西雅發現濃霧另一頭有幾個人。

他們一邊窺探兩人的反應，一邊朝這裡逼近。感覺來者不善。

「真虧妳能察覺啊，克萊兒。」

「都是多虧了優秀的幽靈小姐。」

「原來如此。那麼，圖書管理主任……」

亞蕾克西雅將劍尖對準圖書管理主任，以低沉嗓音說道。

佇立在濃霧中的後者，臉上依然帶著淺笑。

「什麼事，亞蕾克西雅公主？」

「請問這是怎麼回事？」

事態演變至此，亞蕾克西雅可沒有傻到繼續信任他。

「哎呀呀，妳們比我想像的還要敏銳。」

圖書管理主任從懷中取出巨大的砍刀。

而且是左右手各握一把。

「好誇張的武器啊。我以為圖書管理主任應該要用紙筆戰鬥。」

「紙筆是用來描繪理想的工具。現實必須以劍來構築。」

如此說道的圖書管理主任舉起兩把砍刀。

「我來對付圖書管理主任。其他敵人就交給妳了，克萊兒。」

「我知道了。」

兩人背對背擺出備戰架勢，戰鬥正式開始。

砍刀的二連擊從白色霧氣之中襲來。

亞蕾克西雅退後半步避開第一擊，再用劍撥開第二擊。

「喔……」

接著朝因為吃驚而瞪大雙眼的圖書管理主任展開反擊。

她不帶一絲迷惘，極其自然的劍法在圖書管理主任臉上留下一道淺淺的傷口。

「這還真是……」

和亞蕾克西雅拉開距離的圖書管理主任拭去臉頰流淌而下的鮮血，重新擺出備戰架勢。

「真令人吃驚。妳的動作和我認識的亞蕾克西雅公主截然不同。」
他的聲音帶著真心的讚譽。
「即使如此也相當優秀。透過劍技可以看出劍士其人經年累月的心血。過去的妳，只是一味模仿愛麗絲公主。但是現在已有所昇華……不對，說是融合其他東西或許比較恰當吧。」
「我正值成長期呢。」
「你還有閒工夫分析嗎？」
「是的，當然。」
「——現在還有嗎？」
站在圖書管理主任背後的克萊兒開口了。
她的身邊可以見到幾個人倒在地上。這些人的身體正在慢慢粉碎、消失。
圖書管理主任吃驚地挑眉。
「七個第二級的具名之子全滅啊。克萊兒・卡蓋諾，我記得妳是今年武心祭的冠軍吧。雖然本人的實力應該不到這種程度，但妳似乎能使用某種奇妙的力量。」
「……你看到了？」
「妳能操控鮮紅觸手吧。真令人感興趣。」
跟亞蕾克西雅交手的同時，圖書管理主任也不忘觀察克萊兒的動作。
兩人與他展開對峙。
「現在是二對一了。」

「戰況逆轉了。」

「在妳們看來是如此嗎？」

圖書管理主任的態度仍然游刃有餘。

「你確實很強。不過我們聯手的話，就打得贏。」

「真是年輕啊。」

「你倒是很從容嘛。」

「因為我已經放棄了。」

「放棄？」

「我放棄劍了。這是個人外有人的寬廣世界。所以我並不討厭欣賞妳們這種才華洋溢的劍技。像我這種程度的人，一定馬上就會被妳們追過吧。」

「既然放棄了，那就趕快投降，一五一十地招來吧。」

聽到亞蕾克西雅這麼說，圖書管理主任淺淺一笑。

「果然很年輕。我的意思是不拘泥於劍的話，就能以其他方式戰鬥。」

「咦？」

一股甜膩香氣竄入鼻腔。

接著是兩個物體鏗鏘落地的清脆聲響。

這是亞蕾克西雅和克萊兒手中的劍掉落地面的聲音。

「什……」

「我、我沒有力氣……」

「這股甜美的氣味來自能夠鬆弛肌肉，擾亂魔力的藥劑。」

圖書管理主任俯瞰兩名蹲在地上的少女開口。

「你這個……剛剛不是才說要用劍戰鬥嗎！」

「妳們天賦異稟，也有璀璨的未來。所以才會被我這種人用卑鄙的手法陷害。」

圖書管理主任取出繩索綑綁兩人的雙手。

「告訴我……為什麼要這麼做……」

「……到底是為什麼呢。」

「你明明很強，為什麼還要做這種事……！」

「……因為人外有人啊。我的劍早已被折斷了。」

「被折斷……？這是什麼意思？」

圖書管理主任露出彷彿眺望遠方的表情。

「過去有一名人稱『芬里爾』的魔劍士。妳有聽說過嗎？」

「……沒有。」

「妳應該聽過的。只要是這個國家的人民，理應都知曉這號人物。」

亞蕾克西雅試著回想武心祭的參賽選手，以及其他國家的知名魔劍士，但在記憶中遍尋不著這個名字。

「人稱『芬里爾』的魔劍士……難道是童話故事裡的那個？」

「就是那個『芬里爾』。昔日被譽為最強魔劍士的他，是名聲遠播全世界的人物。」

「等一下！魔劍士『芬里爾』的傳說可是好幾百年前的往事！就連他是不是真正存在的人物都很難說。」

「那位大人確實存在，而且現在依然活著。」

「你說他還活著？怎麼可能……難道是迪亞布羅斯精華！」

亞蕾克西雅想起在聖域耳聞的情報。

又稱「圓桌騎士」的組織，其成員能夠得到迪亞布羅斯精華而長生不老。

「妳連迪亞布羅斯精華的事都知道啊。果然不能留妳活口。」

「你打算把我們怎麼樣……！」

「當成祭品。我原本沒打算對妳們出手，遺憾的是最近幾乎沒能回收任何惡魔附體者。」

圖書管理主任邊說邊從懷裡取出裝有不明液體的瓶子，將它湊近亞蕾克西雅的嘴邊。

一股濃郁的甜膩香氣傳來。

「請妳好好休息吧。陷入不會再次醒來的長眠……」

「咕……！」

亞蕾克西雅屏住氣息，同時用力別過頭。然而意識依然愈來愈模糊。

「亞蕾克西雅！」

「克萊……兒……」

就在這時——

有什麼東西遭到硬生生撕裂的聲響傳來。
彷彿有某種強大的壓力企圖扯開這個世界。
隨後，天花板開始出現裂痕。
「這……究竟是？」
圖書管理主任放下瓶子，抬頭仰望上方。
一道漆黑人影從天花板的裂縫翩然降落。
叩。
隨著與現場格格不入的輕巧著地聲，漆黑人影跟著起身。
「你……」
「你是……」
穿著一襲黑色長大衣的男子，獨自佇立在白色霧氣之中。
「「闇影……！」」
大衣下襬隨霧氣飄揚的他緩緩拔劍。
圖書管理主任也一臉嚴肅，舉起雙手的砍刀備戰。
「沒想到闇影會親自現身……報告中沒提到這一點。」
「——品味真是糟糕。」
朝他瞥了一眼的闇影開口。
「你說的品味糟糕是指？」

「你選擇的人生。」
「唔！……正是如此。」
圖書管理主任的表情為之扭曲。接著以自我厭惡的態度笑道：
「人生總是無法盡如人意。我在名為人生的漩渦裡徬徨，最終選擇妥協。然後卑微地苟且偷生。說我品味糟糕，確實是很中肯的指摘。」
圖書管理主任以平靜的嗓音繼續說下去。
「不過，苟且偷生至今，倒也值得。」
「……哦？」
「闇影，你就是我這趟旅途的終點。對於愛劍被折斷，背叛國家的愚昧之徒來說，這想必是最適合的下場。」
「……你已經做好覺悟了嗎？」
「打從傑諾被殺之後，我就隱約猜到會有這麼一天。至少在人生最後一刻，我要以劍士的身分面對——來吧。」
砍刀劈開眼前的濃霧，朝闇影襲來。
——透過劍技可以看出劍士其人經年累月的心血。
圖書管理主任說的話在亞蕾克西雅腦中閃過。
正如他所言，這記劈砍在空中劃出美麗的光芒。
「——了得。」

闇影的劍和光芒重疊。
如果只是重疊也就罷了。
猛力揮下的砍刀不堪一擊，瞬間變成碎片。
「……粉碎了嗎？」
只剩刀柄的兩把砍刀落地，發出落寞的清脆聲響。
闇影揮下手中的劍。
半晌之後，一陣風壓吹散周遭的白色霧氣。
世界開始龜裂。伴隨啪嘰啪嘰的聲響，眼前所見的景色全都出現裂痕。
隨後，這個世界碎裂了。
彷彿一切都只是幻影，回歸原本的世界。
不對。倒臥在血泊之中的圖書管理主任，證明剛才的戰鬥並非只是一場夢。
「闇影……根本連交手都算不上嗎……！」
圖書管理主任咳了幾下，然後吐出血塊。
「——頂點仍然遙不可及。」
漆黑長大衣的下襬揚起，闇影也跟著消失無蹤。
「……那就是闇影的劍技。」
克萊兒帶著茫然的表情喃喃自語。實力想必相當高強的圖書管理主任，竟然無法觸及闇影一根汗毛就被一劍擊垮。這等強大的力量，讓克萊兒止不住顫抖。

「他又變強了……」

亞蕾克西雅心有不甘地唸唸有詞。

幫忙解開束縛彼此的繩索後，克萊兒和亞蕾克西雅起身俯視倒在一旁的圖書管理主任。

「圖書管理主任……」

「我……已經沒救了。」

他的胸口可見一道很深的傷口。

「莫非你過去曾經是位知名的魔劍士？」

亞蕾克西雅實在無法不問。圖書管理主任最後揮下的那一擊，有著一流魔劍士才能展現出來的美。

「不……我只是默默無聞的魔劍士。」

圖書管理主任搖搖頭回答。

即使是亞蕾克西雅也明白這是謊言。她望向主任的兩隻手臂，發現上頭有著陳年傷疤。

「手上那是……？」

「被人砍的……雖然得以透過教團的技術接回來，但是我的雙手已經無法像以往那般靈活。過去的我多少能施展更細膩的劍技。」

「被誰砍的？」

「……芬里爾。我的劍也在那天折斷了。」

「可以問你過去發生了什麼事嗎？」

「好吧……我會回答到生命盡頭為止。」
他看著自己胸口的傷開口。
亞蕾克西雅和克萊兒在主任身旁坐下。
「約莫五十年前……當我還隸屬於這個國家的騎士團時……」
像是為了喚醒年代久遠的記憶，圖書管理主任從走廊窗戶仰望外頭晴朗的夜空。
「在武心祭拿下冠軍後，我加入了騎士團。糾彈違法事蹟、逮捕為惡之人。更進一步的升遷也指日可待。」
「你過去果然是位優秀的魔劍士。」
「只有氣勢過人罷了。也因為這樣，我發現了不能發現的違法勾當的證據，發現蠶食米德加王國……不，是蠶食整個世界的害蟲。亞蕾克西雅公主，妳想必也已經察覺到了吧？」
「……是迪亞布羅斯教團？」
「沒錯。當時的我不知道這個教團的存在，誤以為是聖教的祭司做出違法行為，於是選擇直闖教會。」
「直闖教會？」
「當時的我還太年輕，堅信只要是正確的行為，就能夠被允許。我企圖以正義之槌制裁腐敗的教會。
為了蒐集違法勾當的關鍵證據，我指揮部下一起對教會進行地毯式搜索。
然而……一般的聖職人員跟違法完全扯不上關係。他們只是一心信仰聖教，並努力將教義傳播出去。

信徒同樣也是虔誠地信仰聖教的存在。

做出違法勾當的，只有極少數的高階聖職人員。

我們耐著性子監視祭司，最後在教會地底發現神祕的房間。走下漫長的階梯後，一片駭人的景象出現在我們眼前。

大量肉體腐爛的惡魔附體者被關在牢裡痛苦呻吟。她們全都遍體鱗傷，有些人甚至被植入來路不明的東西。

我和部下愣在原地之時，身後的大門關上了。

原來這是陷阱。

感受到殺氣的我，在千鈞一髮之際勉強擺出防禦架勢。

我被一陣衝擊打飛，在地上滾了好幾圈。

起身只見自己被砍斷的左手、部下們慘遭斬首的屍體——以及佇立在屍體中央的魔劍士『芬里爾』。

我以僅剩的右手握劍，憑藉滿腔怒火朝他揮下。結果就是連右手都失去了。

迪亞布羅斯教團早已習慣排除像我這樣的『正義使者』。」

圖書管理主任將視線移向自己雙手的陳舊傷疤上。

「那是壓倒性強大的力量。在我倒地不起時，『芬里爾』將一名失去意識的女性帶到我面前。是我的妻子。曾榮登武心祭冠軍寶座，又是騎士團裡晉升有望的人選——看在教團眼裡，這樣的我或許有利用價值吧。為了確保妻子的生命安全，作為交換條件，我將靈魂出賣給迪亞布羅斯教團……」

「……夫人現在怎麼樣了？如果她平安無事，我可以派人保護她。」

「幸運的是妻子在對此一無所知的情況下安享天年了。」

「你不曾想過反抗嗎？」

圖書管理主任帶著悲傷的表情搖搖頭。

「我內心反抗的意志，已經跟這雙手一起被斬斷了。亞蕾克西雅公主，請妳多加小心。妳正打算踏上和我相同的道路。在前方等著妳的，只有絕望和無止境的黑暗。」

面對圖書管理主任嚴肅的視線，亞蕾克西雅沒有迴避，而是選擇與他對視。

「……話雖如此，身為這個國家的公主，我必須這麼做。」

圖書管理主任有如看到耀眼的光景一般眯起眼睛。

「妳變得很可靠呢。這樣的話，請聽聽我最後的建議……」

已經氣若游絲的圖書管理主任嘴角溢出鮮血。

「亞蕾克西雅公主……妳知道迪亞布羅斯教團的目的嗎？」

「他們打算讓魔人迪亞布羅斯復活對吧？」

「那麼教團為何要這麼做呢？」

「呃，這個……」

亞蕾克西雅頓時無語。

雖然知道教團的目的，但是完全沒想過他們的動機。

「理由有兩個。一是為了得到更強大的力量。三名英雄都是女性，惡魔附體者也全都是女性。只有女性能適應迪亞布羅斯細胞。因此教團只能透過效果不夠完整的藥劑來獲得力量。」

圖書管理主任邊說邊從懷裡取出紅色藥丸。

「傑諾曾使用過這種藥劑。」

「他是我不成材的徒弟。」

「但你沒有用它。」

「這麼做是魔劍士之恥……但是教團看到這款藥劑的可能性。他們打算開發沒有副作用，效果更理想的完美藥劑。長年以來持續研究英雄之血，就是為了這個目的。只要讓魔人迪亞布羅斯復活，終極藥劑想必也能完成。他們將會得到甚至凌駕於英雄之上，壓倒性的強大力量。」

「聽起來很不妙呢。」

「然而，對教團來說，第二個理由更重要。妳知道『迪亞布羅斯精華』吧？」

「我記得那是能讓人類長生不老的物質。」

「教團每年只能取得僅僅十二滴的『迪亞布羅斯精華』。喝下一滴，就可以讓肉體停止老化一年。然而『迪亞布羅斯精華』的產量減少了。」

「你說產量減少是什麼意思？」

「原因我也不清楚。不過要是產量繼續減少，恐就無法讓教團成員維持長生不老的狀態。教團的高階幹部無論如何也無法忍受這種事發生。他們認為只要讓魔人迪亞布羅斯復活，就能再次取得大量的『迪亞布羅斯精華』，讓自己真正獲得長生不老的肉體。躲在暗處持續支配這個世界的教團，正是透過長生不老的高階幹部之手維持最基本的運作。一旦失去『迪亞布羅斯精華』，教團的根基便會動搖……咳咳！」

調整過呼吸之後，圖書管理主任再次仰望夜空中的明月。

「闇影庭園會在這個時代出現，或許並非巧合。長年以來的支配也要邁向結束。正因如此，妳更必須……小心。他們真的……是守護世界和平的正義使者嗎？」

亞蕾克西雅無法回答這個問題。

關於闇影庭園，她所知道的只有他們與迪亞布羅斯教團敵對一事。除此以外一切成謎。

「他們說不定……只是想掠奪教團……」

「掠奪？掠奪什麼？」

「長生不老的技術……而這個世界……咳、咳咳！」

「圖書管理主任……！」

「在……在教團瓦解後……支配這個世界的……將會是……闇影……庭……咳咳！」

圖書管理主任咳出大量鮮血。

「圖書管理主任──！」

「亞、亞蕾克西雅公主……」

圖書管理主任痛苦地喘氣，勉強擠出幾個字。

「這個國家的未來……交給……妳了……！」

圖書管理主任就此斷氣。

一頭鮮紅長髮宛如烈焰的美女，正在調查圖書管理主任的屍體。

愛麗絲．米德加。她是米德加王國的公主，也是亞蕾克西雅的姊姊。讓克萊兒先行離去後，亞蕾克西雅向騎士團說明這次的事件。

「王姊，圖書管理主任在死前向我吐露了迪亞布羅斯教團的計畫。他們之所以綁架學園裡的學生，是為了讓封印在這裡的魔人迪亞布羅斯的右手──」

「夠了。」

愛麗絲硬生生打斷亞蕾克西雅的發言。

「咦？」

「我已經聽膩妳的胡說八道。」

「胡、胡說八道？」

亞蕾克西雅茫然地重複她的話。

「聽好了，亞蕾克西雅。迪亞布羅斯教團根本不存在。」

愛麗絲以認真的眼神望著亞蕾克西雅說道。

「不存在……王姊，妳是怎麼了？我們不是約好要一起調查迪亞布羅斯教團嗎……」

「根據調查結果，我們判斷迪亞布羅斯教團這樣的組織並不存在。」
開口的人不是愛麗絲。
是站在她身旁的高挑男性。那雙有如蛇一般的眼睛，以及蒼白無血色的肌膚，都讓人感覺不太舒服。
「你是？」
「初次見面，亞蕾克西雅公主。我是緋紅騎士團的副團長，名叫赫布。」
「他是紅蓮的繼任者，是個相當可靠的優秀男人。」
「……這是我的榮幸。」
得到愛麗絲稱讚的赫布淺淺一笑。
「你說教團不存在是怎麼回事？相關證據應該已經蒐集得十分齊全了。」
「這些全都是闇影庭園杜撰出來的。」
「你、你說杜撰？」
「闇影庭園幹了無數壞事。包括誘拐亞蕾克西雅公主、對學園發動恐攻、破壞聖域、在奧里亞納王國進行大屠殺等等。世界各地陸續出現不同的災情報告。」
「這些都是迪亞布羅斯教團的——！」
「——是闇影庭園杜撰出名為迪亞布羅斯教團的組織，再把罪狀嫁禍給他們。為了隱匿自身犯下的惡行，他們創造出一個根本不存在的犯罪組織。」
「你以為這種強詞奪理的說法就能說服我嗎！」

「證據在這裡。」
「咦？」
赫布將一疊厚厚的資料遞給亞蕾克西雅。
封面寫著「闇影庭園杜撰的迪亞布羅斯教團相關紀錄」幾個字。
「一名三十四歲男性供述，自己受闇影庭園的指示，扮演迪亞布羅斯教團的信徒。他似乎是因為家人被當成人質，逼不得已才配合演出。一名二十八歲女性供述，自己曾遭到闇影庭園綁架，被迫製作迪亞布羅斯教團的相關資料。一名五十七歲男性——」
「別開玩笑了——！」
亞蕾克西雅將資料扔在地上。
「這種書面文字誰會相信！這才是杜撰的內容吧！」
「亞蕾克西雅公主，妳這麼說就太難聽了。妳的意思是這些人都在做偽證嗎？」
「這種內容想怎麼杜撰都可以！」
「我這邊當然也有物證。這是闇影庭園的——」
「夠了！」
亞蕾克西雅一把揮開赫布遞來某個東西的手。
對方輕輕瞇起雙眼。
「王姊，請妳清醒一點。妳為什麼要信任這種男人？請妳看著我！」
儘管亞蕾克西雅如此央求，愛麗絲只是別過臉去。

「該清醒的人是妳才對，亞蕾克西雅。」

「求求妳，王姊。迪亞布羅斯右手的封印就要被教團解除了！」

「妳被闇影庭園給騙了。妳以為是迪亞布羅斯教團成員的那些人，其實都是闇影庭園派遣的分隊。」

「不是這樣的，王姊！拜託妳聽我說！」

亞蕾克西雅將手伸向轉身背對她的愛麗絲。

啪。

她的手被愛麗絲一把揮開。

「為什麼……」

「我的敵人是闇影。倘若有人企圖阻攔我，就算是親妹妹也不會放過。」

愛麗絲說完這句話便離開了。

「緋紅騎士團必須對付闇影庭園，所以相當忙碌呢。恕我先行告退。」

赫布帶著勝利的得意表情如此說道。

亞蕾克西雅只能茫然望著姊姊的背影。

「亞蕾克西雅公主。」

聽到某人的呼喚，亞蕾克西雅轉頭看到一張熟悉的臉龐。

「馬克……」

他是緋紅騎士團的初期成員之一。儘管年輕，卻備受紅蓮信賴。亞蕾克西雅原本以為他會繼承紅蓮的位子。

「非常抱歉，亞蕾克西雅公主。」

馬克沒有望向她，只是抛下這句話後便匆匆離去。

「馬克……連你也這樣嗎？」

馬克沒有回答亞蕾克西雅的問題。騎士團的其他成員將圖書管理主任的屍體抬了出去。

禁書從亞蕾克西雅的手中滑落。

一條金色尾巴在白色霧氣中搖曳。

「哼哼哼～」

可以聽見隨意的哼歌聲。

腳踏輕快的步伐，看起來宛如翩然起舞。周遭的幾灘鮮血被她踩得啪嚓啪嚓作響。

「潔塔大人，您心情很不錯呢。」

這聲呼喚讓潔塔瞬間停止哼歌。

「我玩得正開心。」

「非常抱歉。」

「唔～」

潔塔以指尖旋轉沾染血漬的環刃。
「還請不要用它丟我。」
一名頭戴帽兜，體型嬌小的少女從白霧中現身。
「我不會丟。維多莉亞呢？」
「正在進行計畫。」
「嗯。」
「這是來自維多莉亞大人的報告。」
「嗯嗯。」
原本用手指旋轉環刃的潔塔，突然將它射向空中。
啪喳。
一顆男性頭顱從天而降，就這麼帶著錯愕的表情碎裂、崩落。
「太精彩了。」
「嗯。」
「這是來自維多莉亞大人的報告。」
「嗯嗯。」
「闇影大人似乎介入了亞蕾克西雅公主和克萊兒的那起事件。」
「是克萊兒『大人』。」
環刃劈開一陣風，少女的帽兜也跟著搖曳。

「非常抱歉。」
「小心一點。那麼吾主呢?」
「闇影大人手刃圖書管理主任後,將兩人帶離聖域。」
「不愧是吾主。這下芬里爾已沒有退路。」
「是的,他的下一步棋想必會受到諸多限制。敢問潔塔大人的進度如何?」
「嗯?」
「關於分析聖域的部分。」
「啊,已經結束了。」
「結束了?才經過幾天時間而已……」
「因為希妲的古文物很優秀。」
如此說道的潔塔取出巴掌大的神祕裝置。
對裝置注入魔力後,它便開始發出淡淡光芒。
「讓魔力回路可視化。在哪裡流動、具備什麼意義,只要看一眼就能明白。」
光芒像是細微的血管那樣蔓延開來,隨著脈動一路延伸至圓形紅色光柱的所在處。
四道光柱裡,是和某種細小管線連接的學園學生。
「教團想用他們的魔力解除封印。」
「看來魔力不足呢。」
「是的。所以需要品質更好的英雄後代的魔力。我大概明白教團是怎麼封印魔人迪亞布羅斯，又是如何打造出聖域了。」

「那麼，這裡已經沒用了嗎？」

「嗯。」

「破壞這些管線的話，就能守住封印。您打算怎麼做呢？」

聽到帽兜少女的問題，潔塔沉思了半晌。

其實用不著思考。她早已決定答案，只是想再次確認內心的覺悟。

「不破壞。」

「您確定嗎？」

「我已經決定了。」

潔塔說完便在白霧中邁開步伐。

穿越紅色光柱所在的空間，朝著前方的大門伸手。

「魔人迪亞布羅斯的右手，就封印在這扇門後方。」

「您打算怎麼做？」

「我想去看個一眼，當作紀念。」

「要不要在上頭簽名呢？」

「這也不錯。潔塔到此一遊。」

潔塔邊說邊對門板注入魔力。

這扇門上刻著無數的古代文字，還以粗重的鎖鍊纏繞好幾圈。

「打得開嗎？」

「不知道。不過，把魔人右手封印在這裡的畢竟是她。」

「她？」

「她一定會回應我。」

潔塔再次注入魔力。

於是門板開始發出紅色光芒，魔力回路也延伸至整個空間。拉扯鎖鍊的金屬摩擦聲，讓人明白門板正在微微震動。

然而，大門並沒有開啟。

魔力回路集中到大門前方，以有如血管的細微光網編織出一個人形。

「妳退後。」

「是。」

帽兜少女聽從潔塔的指示，和人形拉開距離。

細微光網消失之後，兩人眼前出現一名獸人女性。

金色的髮絲、貓耳、尾巴，以及一雙貓眼。獸人女性有著和潔塔極為相似的外貌。

「這是……」

帽兜少女屏息。

「初次見面，獸人英雄。」

「潔塔大人，這究竟是……」

「我早就知道會這樣。」
潔塔淡淡回答。
下個瞬間，獸人英雄揮動利爪，一把砍斷潔塔的頸子。
潔塔的頭顱飛向空中，然後化為一陣黑霧消散。她的身體也同時消失。
一陣黑霧出現在白霧之中。毫髮無傷的潔塔從黑霧裡現身。
她飄浮在空中，以冰冷視線俯瞰獸人英雄。
「我只是想確認一下。」
潔塔如此說道。
獸人英雄沒有回應潔塔，只是以不帶感情的眸子仰望她。
「妳記得與吾主初次相遇的日子嗎？」
浮在半空中的潔塔詢問帽兜少女。
「那當然。我不可能忘記。」
帽兜少女以手按著胸口回答。
「我也是。我從不曾忘記那天。」
潔塔筆直盯著獸人英雄，彷彿透過她的形影遙憶昔日。
「我是——被吾主撿回來的柔弱小貓咪。」
這便是潔塔的覺悟。
「拜拜，英雄。我會踏上跟妳不同的道路。」

潔塔轉過身去。

身型嬌小的帽兜少女連忙追上去。

「這樣就行了嗎？您還沒有簽名呢。」

「嗯。下次再簽。現階段的目標已經達成。接著是潛伏於黑暗之中，靜待時機到來。」

「那麼，我也跟您一起。」

兩名少女一面交談，一面消失在霧的另一頭。

獸人英雄靜靜目送她們的背影離去。

# 三章

## 事件已經解決，來聊聊過往吧！

The Eminence in Shadow
Volume Five
Chapter Three

The Eminence in Shadow
CHAPTER 3

哎呀呀，昨晚真是發生了不得了的事件。

連續失蹤案的犯人，竟然是學園裡的圖書管理主任。

我親眼看到圖書管理主任綁架姊姊和亞蕾克西雅，還在神祕白霧瀰漫的地方將她們綁起來。品味未免也太差了吧。

原來那傢伙是個變態——

儘管對自己身為變態一事糾葛不已，仍無法停止犯下錯誤。

每個人活著的目的都不同。倘若這樣的目的不被社會接受，人們便只能做出選擇。

要貫徹自我，或是扼殺自我？

我選擇前者，而他亦然。

站在「影之強者」的立場，連續失蹤案的犯人是個變態有點沒意思，然而真相就是如此，所以也無可奈何。

早上看見騎士團的成員進出學園。或許是來調查圖書管理主任的事吧。

「嗯？那是……」

一名垂頭喪氣地走在學園的黑髮女學生，與一旁的騎士團擦身而過。

「是姊姊。」

被姊姊發現會挺麻煩的，所以我平常都會躲起來，但是今天似乎沒這個必要。

看她那個樣子，應該不會發現我吧。

「哼哼哼～」

我隨意哼歌，享受令人通體舒暢的早晨陽光。

這就是隨處可見的路人學生。

聽說圖書管理主任的事情時，我該作何反應才好呢？像個路人那樣表現出誇張的吃驚態度，或是害怕得渾身打顫……

我一邊想著這些事，一邊跟姊姊擦身而過。

「給我站住。」

下個瞬間，我的衣領後方被姊姊一把揪住。

「嗨、嗨～姊姊，妳發現了啊。」

我轉過頭，看到姊姊惡狠狠地瞪過來。

「那當然。你還有其他要對我說的話嗎？」

「早、早安？」

「早安，席德。還有呢？」

「其他……沒有了。」

我只思考了一瞬間便這麼回答。完全想不到自己還有什麼應該跟姊姊說的話。

「我現在很沮喪喔。」

「哦～」

「我垂下肩膀，表現出無精打采的樣子。」

「啊～」

「身為弟弟看到姊姊如此消沉，應該有什麼話要說吧？」

「唔～」

我只思考了三秒鐘。

「妳看起來很無精打采呢。發生了什麼事嗎？」

「……勉強合格。」

「這樣才勉強合格啊。」

「你應該要更擔心才對。還要敏銳察覺發生什麼事。」

「這未免太強人所難。」

「看你一副想知道的樣子，我就告訴你吧。」

「我完全沒說想知道……」

「──你想知道吧？」

「超想的！」

被姊姊掐著脖子的我這麼回答。

「這裡太嘈雜了，換個地方吧。」

「呃，不去上課嗎？」

「今天臨時停課。」

如此說道的姊姊望向校舍。

「——圖書管理主任死了。」

聽到含意深遠的低語，我表現得像個路人露出震驚的表情。

我坐在富麗堂皇的會客室裡，優雅地啜飲奶茶。

這裡似乎是只有上流階層才能踏入的特別會客室。至於身為鄉下貴族的姊姊為什麼能進來，目前仍是不解之謎。

「抱歉，我無法告訴你詳情。因為我不想把你捲進來……」

姊姊以嚴肅的表情開口。

「不過騎士團打算讓圖書管理主任背後的真相埋沒在黑暗之中……對此我卻無能為力。這讓我很不甘心……」

「圖書管理主任背後的真相……嗎……」

他們當然會想隱瞞「圖書管理主任其實是變態」這個真相。為了維護圖書管理主任的形象，我也贊同騎士團的作法。

「我認為，在這世上並非一直維持正確的做法就好。」
我輕聲開口。
「你是說我是錯的？」
姊姊目露凶光瞪著我。
「我沒這麼說，只是……」
「只是？」
要是隨便亂扯，我可不會饒過你——我能感受到來自姊姊的強烈意志。
「這個世界的黑暗面一直深不可測。況且也不是所有人都能接受那片深邃的黑暗。」
「……意思是如果公布真相的話，只會招致混亂？」
「恐怕是這樣。」
時常利用圖書館的女學生想必會因此感到受傷並陷入混亂吧。
「但也不能因為這樣，就讓真相石沉大海呀！」
「那是當然。正因如此，才需要能暗中解決這類事件的人。」
「暗中解決這類事件……」
「沒錯。即使真相石沉大海，也不代表事情已經結束。」
「原來如此……也就是說，由我來解決就行了吧。」
「不。並不是一定要由姊姊來解決。」
「知悉真相，又能自由行動……我果然是天選之人呢。」

姊姊握住纏繞繃帶的右手。

「不，這不代表姊姊是天選之人。」

「席德。能保護你的人只有姊姊了。」

「不，我可以保護自己。」

「我明白。你是不希望我操心吧。」

姊姊將我擁入懷中，我的骨頭發出遭受擠壓的喀啦聲響。

「米德加學園、這個國家，還有席德你……我都會好好守護的。」

「……那就這樣吧。」

「我絕對不會讓這一切就此結束。」

被姊姊緊緊抱住的我，拿起奶茶啜飲了一口。

奶茶果然很美味。

因為今天停課，我返回自己的宿舍房間。尤洛和賈卡馬上就跑來找我。

「哎呀～還真是不得了的事件耶，圖書管理主任竟然遭人殺害。」

「就是啊～說不定又是之前那個組織幹的好事。」

「事到如今，感覺不能一笑置之了。」

「畢竟大家好像都很認真看待這件事。」

尤洛和賈卡旁若無人地喝著四越商會最高級的咖啡，看起來十分放鬆。

這裡可是我的房間。

「你們還是去寫課外報告比較好吧？」

我一面開口，一面釋放「快點離開啦」的壓力。

「之後再寫就好。多虧了停課，時間變得很充裕。」

「就是啊。如果因為忙著寫報告，無法好好享受這種小確幸，人生就等於結束了。」

語畢的兩人繼續啜飲咖啡。

「那麼為什麼要特地跑來我的房間？」

「因為你這裡有四越商會最高級的咖啡啊。」

「還有四越商會的高級點心呢。」

賈卡擅自拉開抽屜，從裡頭找出巧克力，然後拆開包裝。

「那是我的耶。」

「有什麼關係，我們是朋友嘛。」

「而且說真的，我不覺得你的零用錢買得起這些東西。」

「我們從以前就覺得事有蹊蹺。」

尤洛和賈卡突然一臉認真地轉過頭來。

「這、這個嘛……」

確實如此。

四越商會最高級的咖啡，一杯要兩千戒尼起跳。身為貧窮貴族的我，房裡卻隨時都有這種東西，的確很奇怪。

其實只是伽瑪寄了一大堆過來而已。

「席德。你有在外面借錢吧？」

「呃？」

「既然這樣，請你早點告訴我們嘛。」

「咦？不不不，什麼在外面借錢？」

「這個啊，這個。我們在你房裡找到的傳單。」

尤洛邊說邊將一張傳單拿給我看。

「四越銀行提供的新服務『四越分期定額還款』。有這麼棒的貸款方案，拜託你也跟我們分享一下啊。」

「四、四越分期定額還款……？」

湧現不祥預感的我看過傳單後，發現上頭介紹的服務，跟我上輩子那個世界的分期定額還款一模一樣。

這麼說來，我好像跟伽瑪提過分期定額還款這種做法。

「難、難道說你們已經去借錢了嗎？」

「當然嘍。本人馬上借了兩百萬戒尼。」

「我借了一百萬戒尼。以後每個月只要固定償還兩萬戒尼就好，真是太讚了！」

「啊……」

這下完蛋了——我不禁如此心想。

「你怎麼了，席德同學？一臉好像察覺到什麼的表情。」

「四越分期定額還款的利率是多少？」

「我記得月利率是2％。」

「年利率等於24％。在王都的貸款服務裡也算是特別便宜喔。」

我不禁望向遠方。

「借了一百萬戒尼，每個月償還兩萬戒尼，然後利息年利率24％，這樣沒錯吧？」

「是的。」

「有什麼不對嗎？」

「你有算過什麼時候才能還完嗎？」

一百萬戒尼加上24％的年利率，所以一年的利息是二十四萬戒尼。

每個月償還的金額是兩萬戒尼，所以一年的還款金額是二十四萬戒尼。

一年的利息是二十四萬戒尼，一年的償還金額也是二十四萬戒尼。

也就是說只是一直償還利息，這樣下去一輩子都還不完。

「大概五年左右吧。」

「沒有必要自己算吧。反正每個月固定還兩萬戒尼就好了。」

「還替客戶省去計算金額的手續，四越銀行真是太佛心了。」

「……我覺得稍微提高還款金額比較好喔。」

「你在說什麼啊。四越銀行都說每個月還兩萬就好，我何必刻意多還。」

「就是說啊。聽說還有學生一口氣借了一千萬戒尼。只要是貴族出身，就算還是學生，也能輕鬆申請這個貸款服務。好像只要老家有資產就沒問題了。」

我不禁抬頭仰望。

「好啦，差不多該開始了。」

「我們都去借錢了，你應該知道接下來要做什麼吧？」

如此說道的兩人拿出撲克牌。

「……梭哈啊。」

「怎麼，你怕了嗎？」

「這次可不許你贏了就跑。我們的軍資金多得很呢。」

「不……」

我重重吐出一口氣。

「——賭注加倍。」

於是成捆的鈔票在桌上高高疊起。

「混蛋～給我記住！」

「不、不應該是這樣的……你、你出老千！這肯定是出老千！」

尤洛和賈卡吵鬧個不停。

「好了好了。已經很晚了，安靜一點。」

我揪著兩人的衣領後方，將他們扔到走廊上。

「等等！再比最後一局！」

「本人無法接受！可不能一直輸到最後！」

「不好意思，我不跟沒錢的人玩。還款加油嘍。」

我說完這句話便強行關上房門，然後上鎖。

「為什麼……都那麼努力練習出老千了。」

「難道每一招都失敗了？這不可能。」

「怎麼可能有這種事。」

「可是，除此之外……」

「可惡！再去跟四越分期定額還款借錢吧。」

房門外頭陸續傳來這樣的對話聲。

不用說，那兩人的詐賭伎倆全都被我破解了。既然他們來這招，那麼我也有權出千報復。
把桌上成堆的鈔票聚集在一起，露出奸詐的笑容。
「尤洛跟賈卡成了我的新存錢筒。謝謝你，四越分期定額還款。」
四越銀行借給尤洛和賈卡的錢，最後來到我的手中。
這就是弱肉強食。
「哼哼哼～」
我隨意哼著歌，把一捆一捆的鈔票放進軍資金存錢箱裡。
接著朝著窗外喊道：
「久等了，潔塔。可以進來嘍。」
下一刻，有著一頭金髮的獸人悄悄現身。
「吾主，生日快樂。」
「嗯？噢，對了，我今天滿十六歲。」
這才發現時間已經過了凌晨十二點，今天是我的生日。
「恭喜。」
「謝謝。」
其實沒什麼好恭喜的。
因為這代表我計畫的六百年壽命又少了一年。
人生苦短啊。「影之強者」這個終極目標明明依然遙不可及。

「吾主，你討厭生日嗎？」

「不算喜歡。這代表我人生剩餘的時間減少了。」

「我明白這種感受。」

看似放鬆的潔塔輕笑出聲。她會露出這麼自然的笑容，感覺十分罕見。

「對於有目的想要達成的人來說，人生實在太短暫了。」

「嗯。我懂。」

潔塔再次表示同意。

接著她以認真的表情直直望向我。

「吾主。今晚有件很重要的事要問你。」

「唔。」

是跟錢有關的事嗎？

畢竟潔塔對我照顧有加，借她個一千戒尼好像也不是不行。

「吾主。你想要『長生不老』嗎？」

「當然。」

我不假思索地回答。

如果能夠長生不老，我就可以潛伏一百年，等到幾乎被人們遺忘時再次現身，讓「難道那傢伙是傳說中的……！」這樣的戲碼無數次上演。只要還有這條命，永遠可以讓「影之強者」的人生重新來過。

我計畫利用魔力活個六百年，若是要享受人生，六百年根本不夠。
我想要一直長生不老。啊啊，神啊，請祢創造可以向不想活太久的人購買壽命的制度吧。
「我明白吾主的心情。」
「嗯。」
「所以，我為此採取行動。」
「嗯？」
「吾主還記得我們相遇的那天嗎？」
「嗯。」
我記得那天似乎下著雨。
「那是個下雪的寒冷日子。」
原來是雪啊。
「淪為惡魔附體者的我，見識到人心的醜陋。」
「嗯。」
「我一直在思考。關於追殺我們的那些人，還有這個愚蠢的世界。」
如此開口的潔塔，眼神變得很冰冷。
打從與潔塔相遇以來，有時會看到她露出這樣的眼神。因為還挺帥的，我曾經偷偷模仿。
「人們會重蹈覆轍。不斷、不斷毫不厭倦地重複相同的錯誤。愚蠢的世界不會改變。」
「嗯。」

「那時我覺得死了也好。就算我死了，世界也不會改變。就算我活著，世界依舊不會改變。不過跟吾主相遇之後，我發現自己還有該做的事——」

接著潔塔開始訴說她的往昔。

潔塔來自在獸人族當中地位格外崇高的部族。

金豹族。

提起這個名字，據說連獸人之王都得敬它三分。

有許多部族效忠於金豹族。潔塔出生在代代擔任族長的家系，是家中的長女。那時的她名叫莉莉姆。

打從年幼時期開始，莉莉姆便是個出類拔萃的優秀存在。父母甚至覺得比起出嫁，這孩子或許更適合留在家裡。因此莉莉姆便在百般呵護之下長大。

為了莉莉姆，族長收集大量書籍，對她進行完整的高度教育。和其他獸人族相比，金豹族算是較有智慧的種族。即使是在這樣的金豹族裡，這種做法依然相當罕見。

莉莉姆本人也十分喜愛閱讀。她滿心期望自己有朝一日，能夠為一族活用腦中的知識。

受到族人疼愛的莉莉姆，逐漸成長為正直坦率的少女。

然而在她十二歲之後，開始出現異常變化。

她的腹部冒出黑色斑紋。一開始小得不會讓人特別在意的斑紋，隨著時間經過逐漸擴散。有些擔心的莉莉姆忍不住找母親商量。

母親聞言不禁一臉蒼白。

母親什麼都沒有說，只是匆匆喚來父親。

現身的父親同樣一臉蒼白。

事到如今，莉莉姆才察覺狀況似乎非同小可。

確認過莉莉姆的腹部後，父親勉強擠出答案。

「……是惡魔附體者。」

惡魔附體者。莉莉姆在腦中反芻這幾個字。

她學過和這個詞彙相關的知識。閱讀書籍不計其數的莉莉姆，有自信自己在一族當中是對惡魔附體者了解較多的人物。

只是再怎麼也無法把這些知識，跟自己肚子上的黑色斑紋連結在一起。

惡魔附體者。

莉莉姆一而再、再而三地反芻。

淚水也自然而然滑落臉頰。

她十分聰穎。

因此在接受現實後，她也理解自己今後的命運。

惡魔附體者是汙穢的存在。必須在汙穢擴散之前將其淨化。這是一族的規定。

關鍵在於此乃地位崇高的金豹族，而且還是族長家系當中出現汙穢之人。這不僅是莉莉姆個人的問題，更是足以撼動一族的大問題。

「父親，請用火將我燒死吧。」

拭去淚水後，莉莉姆這麼說道。

「可是……」

「肚子上的斑紋還沒有擴散，代表汙穢之力還很微弱。所以現在燒死我的話，就能守住這個家。一族想必也能接受這樣的處置。」

「可是……！」

「拜託您，父親。這麼做都是為了這個家。也是為了弟弟。」

莉莉姆望向母親抱在懷中的嬰兒。那是半年前剛出生，預定繼承這個家系的貴重生命。

「求求您……請您、請您……」

莉莉姆低頭懇求。

「……不成。」

「父親！」

「不成！有能夠治癒惡魔附體者的方法。我在精靈族的書中看過。」

「那種東西不能相信！」

「書中也提到，有種靈藥能夠治好惡魔附體者。」

如此說道的父親轉身匆匆翻找相關書籍。
他的背影看起來彷彿比以往來得瘦小許多。
「您是怎麼了，父親？請您振作，不能依靠那種書上的情報。母親也請說些什麼吧。」
然而一旁的母親只是低頭不語。
「找到了，這上頭有寫。」
「父親！請您適可而止——！」
說到這裡，莉莉姆噤聲了。
父親遞過來的書頁上有著點點淚痕。這是她第一次看見父親落淚。
「父親……」
「為父一定會找到治好妳的方法。所以妳要相信我，耐心等待。」
「父親……！」
莉莉姆被父親溫暖的雙臂擁入懷中。
母親也過來擁著兩人。
「父親……母親……！」
止不住的眼淚從莉莉姆眼眶溢出。
隔天，父親踏上旅程。
母親在莉莉姆的腹部纏上繃帶，然後對她叮嚀：
「他說過一個月就會回來。在那之前我們會跟其他人說妳受傷了，絕對不能外出。」

「是的，母親。」

「沒事的，別擔心。家裡的事我會想辦法處理。」

母親露出溫柔的笑容。

莉莉姆輕撫母親為她纏上的繃帶，跟著露出笑容。感覺一切必定都能往好的方向發展。

過了一個月。

莉莉姆在深夜被匆匆喚醒。

外頭吵吵鬧鬧的，或許是父親回來了。母親帶著莉莉姆來到外頭。

父親確實回來了。

但是卻被繩索綁住，跪在地上。

「父……親？」

父親身旁有許多手持火炬的族人，衣服表面也可見斑斑血跡。

「你們這是在做什麼？」

母親勇敢地開口。

「一族裡頭似乎出現了汙穢之人。」

金豹族旁系家族的男性家長，從手持火炬的人群當中走了出來。

「一旦出現汙穢就必須立刻淨化。這是族裡的規定。」
「……」
母親沒有回答，只是站到莉莉姆前方。
「汙穢之人在哪裡？快說。」
旁系家長將劍尖抵著父親肩膀問道。
「……不知道。」
父親以沙啞嗓音回答。
「是嗎。」
旁系家長的劍刺進父親的肩膀。
鮮血噴出，骨頭碎裂的聲音跟著傳來。
父親沒有出聲，只是低著頭一動也不動。
「真是無趣。」
旁系家長邊說邊又刺了父親一劍。
「快住手！竟然持劍傷害族長，你以為這種行為能被允許——」
「當然可以。因為我就是金豹族的新族長。這傢伙背叛了一族。」
「怎麼會……你有什麼證據……」
「聖教的祭司來到村裡拜訪，說是感受到這塊土地上有惡魔附體者的氣息。在東方地區，似乎是由聖教負責收集惡魔附體者，再加以淨化。」

一名男子從人群之中走出來。他身穿祭司服，臉上帶著皮笑肉不笑的表情。
「汙穢必須馬上淨化。若是放任不管，汙穢將大肆蔓延，讓整個村子走向毀滅——」
「……滿嘴謊言。」
父親的沙啞嗓音打斷祭司的發言。
「你剛才說什麼，獸人？」
「我說你滿嘴謊言，人類。」
父親正面接下祭司充滿鄙視的眼神。
「我剛才說了什麼謊言？」
「全部。惡魔附體者全是聖教捏造出來的。」
「這番反駁聽起來還真有意思。看來你的腦袋也有問題了。」
旁系家長出聲訕笑。
其他手持火炬的族人也紛紛嘲笑父親。然而無論是莉莉姆，還是莉莉姆的母親都無法理解父親話中的意思。
不過父親和祭司沒有移開視線，一直瞪視彼此。
「你有什麼根據嗎，獸人？」
「金豹族自古存續至今，是歷史相當悠久的一族。金豹族的族長代代都會繼承英雄傳說。與魔人迪亞布羅斯交戰的三名英雄之一——獸人英雄的傳說。」
「民間故事啊。」

「沒錯，民間故事。但是跟世間流傳的內容有些不同。首先三名英雄並非男性，而是女性。以及惡魔附體者並非遭到詛咒，而是受到祝福的象徵。」

「你的發言可是在褻瀆聖教。」

祭司的眼神變得犀利起來。

「我一直抱持疑問。世間流傳的民間故事，為何與金豹族的民間故事有這麼大的出入。」

「無聊。民間故事這種東西，原本就會隨著時間經過而風化褪色。」

「是嗎？這可是歷代族長傳承下來的英雄傳說，不可能輕易風化褪色。更重要的是我們是金豹族。是打倒魔人迪亞布羅斯的三名英雄之一，金豹族英雄莉莉的子孫。這就是答案。」

「……也就是說？」

「金豹族代代相傳的英雄傳說才是真相。是聖教扭曲了這個真相。」

父親以清澈的眼神如此斷言。

寂靜籠罩眾人。

但在片刻之後，一陣笑聲傳開，慢慢變成迴盪在村裡的狂笑。

「咕哈哈哈哈！有趣，太有趣了！我好久沒有這樣盡情大笑了！」

旁系家長捧腹大笑。

「的確很有趣。」

祭司也笑了，但是他的眼中不帶半點笑意。

「原來如此、原來如此。你的意思是惡魔附體者是聖教捏造出來的，所謂的汙穢之人，其實是英雄子孫，所以沒有淨化的必要。是這樣嗎？」

旁系家長笑著發問。

「……沒錯。」

「少開玩笑了！」

怒吼聲響徹四周。

「你想因為自己無趣的妄想，讓一族陷入危險之中嗎！」

「或許難以置信，但這就是真相……！」

「少胡說八道了——！」

旁系家長的拳頭落在父親臉上。一拳、兩拳，接連不斷落下。

莉莉姆動彈不得。她只是站在原地，任憑雙腿不停打顫。

「好了，餘興活動結束了。」

擦拭過染上腥紅的拳頭，旁系家長再次開口：

「汙穢之人在哪裡？」

「……呼！」

父親的嘴角微微上揚。

「不說的話，就把你們全家一起處以火刑。」

「說了也一樣吧。你不過是想羞辱我。」

旁系家長沉默下來。答案顯而易見。

「那就如你所願。」
旁系家長拔出劍來。
「住……住手！」
莉莉姆這聲吶喊，讓眾人的目光集中在她的身上。
「我、我……我……我……」
她的雙腿抖個不停。
「我、我就是……惡、惡魔……」
莉莉姆以懦弱的嗓音勉強擠出幾個字。
淚水模糊了她的視野。
儘管如此，她仍然與筆直望著自己的父親四目相交。
「——妳聽好了。」
父親的聲音聽起來格外溫柔。
「金豹族是過去拯救世界的英雄莉莉的後代。是承襲榮耀血脈的一族。莉莉為何要將英雄傳說託付給我們？為何只讓代代的族長傳承下來？這麼做是有理由的，因為我們有使命在身。」
「父親……！」
「妳承襲的英雄血脈比任何人都要來得濃。既強大又聰穎，是為父引以為傲的女兒。莉莉姆，往東方去吧。米德加王國有能夠治療惡魔附體者的人物。我們的使命就在那裡。」
「父、父親……可是我……」

「莉莉姆一定做得到。」
如此說道的父親望向母親。
「兩個孩子就拜託妳了。」
母親輕輕點頭，將莉莉姆攬進懷中。
「你以為我會放過她們嗎？」
男性獸人早已包圍了這一帶。
「你會的。就算要以我這條命作為代價……！」
某個物體推擠摩擦的吱咯聲響傳來。
這個聲響來自父親的身體。他的體內有什麼正在脈動。
下個瞬間，綑綁父親的繩索就此炸飛，大量魔力從他的體內湧出。
「這、這股力量是怎麼回事！」
旁系家長大喊。
「金豹族體內流著高濃度的野獸之血。我控制了這樣的血脈加以解放。」
父親的金色髮絲開始變長。
宛如一圈鬃毛的髮絲，讓父親看起來有如從人形化為野獸。
「豈、豈有此理，怎麼會有這種……！」
「這是只有族長傳承的祕術——燃燒自身性命的禁忌之術。」
父親的雙眼溢出血淚。

他的肌肉不停蠢動。
鮮血從迸裂的血管當中噴濺出來。
「喔啊啊啊啊啊啊啊啊啊啊啊啊啊啊啊啊啊！」
化身狂暴野獸的父親，將圍繞在四周的獸人全數震飛。
他像是要保護莉莉姆等人一般擋在前方。
「去吧！快走！」
「父親，您也一起走！」
「不成！」
看到轉過頭來的父親，莉莉姆驚愕不已。
「……！」
父親的面容已經逐漸獸化。
「為父終將要化為野獸。在這之前，快走……！」
「我……我不要！父親！」
莉莉姆將手伸向父親的背影，但卻沒能觸及。
「這股力量讓人很感興趣呢。沒想到會在這裡遇上那傢伙的後代……」
祭司走上前去，朝父親揮下紅褐色的鎖鍊。
「嘎啊啊啊啊啊啊啊啊！」
父親以右手揮開鎖鍊。

鎖鍊前端帶刺的配重塊跟著被打飛。

「真是驚人……！原本只是過來回收惡魔附體者，看來還有意想不到的收穫。」

「去吧，莉莉姆！快跑！」

父親和祭司展開戰鬥。

母親抓緊這一瞬間的機會，抱起莉莉姆拔腿狂奔。

「父親……！不要、不要啊啊啊啊啊啊啊啊啊啊啊啊啊啊啊啊啊啊！」

莉莉姆最後看到的父親背影，是那麼高大而強壯。

母親抱著莉莉姆，在黑暗的森林裡不停奔跑。

擅長隱密行動的她沒有發出半點腳步聲。

但是後方追兵的氣息愈來愈近。

金豹族裡有嗅覺特別敏銳的族人。或許是他們也加入了追捕行列。

「我們分頭行動吧。」

母親在河畔停下腳步，放下抱在懷裡的莉莉姆。紛飛的雪片讓夜晚的森林變得更加寒冷。

「為母會沿著河往東南方前進。妳就穿越這條河，朝東方前進吧。」

如此說道的母親將揹在身後，依然稚嫩的弟弟交給莉莉姆。

「弟弟就拜託妳了，莉莉姆。」

「不要……！我要跟您一起走，母親！」

「不可以這麼任性。再忍耐一下就好。我們在米德加王國會合吧。」

母親將莉莉姆緊擁入懷。

「既然這樣……您為什麼要將弟弟託付給我？」

「莉莉姆……」

「我無法戰鬥，也不像您可以無聲無息地快速奔跑。」

「聽話，莉莉姆。」

「弟弟應該要跟您待在一起比較好！」

「聽為母的話，莉莉姆！」

「不要……！」

莉莉姆拚命搖頭，將小腦袋埋在母親的胸口。

「莉莉姆……」

「如果我不是惡魔附體者……如果我早早被燒死……！父親他……都是因為我……！」

「在妳出生之後，他就變了呢。總是埋首練劍的他竟然會念繪本給妳聽，看到這一幕，我差點嚇得癱坐在地。他總是把『這孩子是天才』這句話掛在嘴邊。」

「父親……！」

「對我們來說，能看著妳成長便是至高無上的喜悅。莉莉姆……儘管無法戰鬥，但妳是個極為聰明伶俐的孩子。妳擁有足以克服困難的知識。所以不會有問題的。」

「母親……！」

「莉莉姆。這孩子就拜託妳了。」

母親將小小的弟弟交出來。對世界一無所知的這個嬰孩，只是愣愣望著眼前的莉莉姆。

眼淚不停往下掉的莉莉姆伸手接過小嬰兒。

「謝謝妳，莉莉姆。在妳出生之後，我們一直都很幸福喔。」

「母親……之後一定要在米德加王國會合……！」

「快走吧，莉莉姆。跨越這條河，消除自身的氣味。」

在河床淺灘沖掉身上的氣味後，莉莉姆跑進東方的森林深處，途中還不停回頭。

目送她離開後，母親沿著小河往東南方狂奔。

響亮的腳步聲在夜晚的森林裡擴散。

往東邊去。

像是被某股力量推動，一股腦地往東邊去。

莉莉姆在黑暗的森林中狂奔。冬天的夜晚相當寒冷，她的手腳冷得有如冰塊。

直到黎明時分，她終於走出森林。

「這是……」

眼前是初次目睹的沙灘，以及一片無邊無際的水面。不過莉莉姆知道這樣的景色。

「……是大海。」

為了確認，她嘗了一小口海水。

「好鹹。」

她的認知沒錯。

「父親……這裡什麼都沒有。」

莉莉姆仰頭吐出白色氣息。雪花不斷從空中飄落。

低著頭坐在冰冷的沙灘上。

「東邊……什麼都沒有。我的使命在哪裡呢……米德加王國在哪裡呢……母親……」

因為持續狂奔，她的雙腿沉重得像石頭，連一步都走不動了。

腹部的黑色斑紋蔓延到胸口，而且隱隱抽痛著。

弟弟還在莉莉姆的懷裡。她必須確實守護母親託付給自己的小生命。

「走吧……橫渡這片大海。」

她知道大海的另一頭存在其他國家。雖然不確定那是否就是米德加王國，但是既然父親這麼說，想必一定是吧。

母親會在那裡等著她。說不定父親也會。

沿著海岸前進應該會有漁村。去拜託那裡的漁民讓自己搭船吧。

莉莉姆再次踏出步伐。

就在這時候——

「哎呀呀，原來妳跑到這種地方來了嗎？」

那名祭司出現在莉莉姆眼前。沾染鮮血的鎖鍊發出唰啦唰啦的聲響。

「別……別過來……！」

莉莉姆以不停打顫的雙腳後退。

「好啦，問題來了。惡魔附體者究竟在哪裡呢？」

祭司帶著扭曲的笑容拎起一顆頭。

「不是這個男人。」

「父……父親啊啊啊啊啊啊啊啊啊啊啊啊啊啊！」

那是父親的頭顱。

從沾滿鮮血的狀態，可以想像父親最後一戰是多麼慘烈。

「也不是這個女人。」

祭司邊說邊提起另一顆頭。

「母親啊啊啊啊啊啊啊啊啊啊啊啊啊啊啊啊啊啊啊！」

那是母親的頭顱。

母親瞪大雙眼，帶著像是定睛凝視什麼的表情死去。

「為什麼……為什麼啊！」

「現在只剩下兩個人。」

祭司拋下兩人的頭顱，走近莉莉姆。

「不要啊啊啊啊啊……父親……母親……！」

「從報告看來，男性惡魔附體者的數量極端稀少，但也並非完全沒有。」

「唔……不、不行……不、不要對我弟弟出手！」

淚流滿面的莉莉姆緊摟著懷中的弟弟。

「那麼，誰才是惡魔附體者呢？」

「我……我是惡魔附體者！所以，請你放過我弟弟吧……！」

「好孩子。坦率是件好事。」

如此說道的祭司以沾滿鮮血的雙手摸了摸莉莉姆的頭。

「噫……！」

「今後我們可能會相處很長一段時間，我就先在這裡自我介紹吧。我是高階祭司佩托斯。妳將成為我們寶貴的實驗對象。」

「那……那麼弟弟……」

「別擔心。不是惡魔附體者的孩子沒有用。」

接著佩托斯以鎖鍊撫過弟弟的小腦袋。

「所以，我就用不會痛苦的方式殺死他吧。」

下一刻，鮮血四濺。

弟弟的頭顱從莉莉姆的懷中落下。
「啊啊啊啊啊啊啊啊啊啊啊啊啊啊啊啊啊啊啊啊啊啊啊啊啊啊啊啊啊！」
「喀喀、喀喀喀喀喀喀喀……好啦，來慶祝一下吧。」
佩托斯俯瞰莉莉姆崩潰慘叫的模樣，發出宛如抽搐的笑聲。
「啊啊啊啊啊啊啊啊啊啊啊啊啊啊啊啊啊啊啊啊！為什麼、為什麼！」
「今天真是個好日子。託妳的福，我終於能踏上通往圓桌騎士的道路。」
莉莉姆將落在地上的三顆頭顱攬進懷裡。
她的父親、母親，還有弟弟。
「啊啊啊啊啊啊啊啊……！我要殺了你……絕對要殺了你！」
眼中滿是憎恨之情的莉莉姆放聲怒吼。
但是佩托斯逕自轉身，不加理會。
「——結束了嗎？」
佩托斯朝森林的方向開口。一群身穿詭異長袍的人跟著現身。
「是的，沒留一個活口。」
「讓我看看。」
無數顆頭顱滾落在沙灘上。全都是金豹族的頭顱。
「我們把所有金豹族成員都收拾掉了。這樣一來就不會有情報外洩的疑慮。」
「是嗎，真是太好了～」

這句話是對著莉莉姆說的。

「妳父親的仇人也死了。」

佩托斯笑著將其中一顆頭顱扔向莉莉姆。是那名旁系家長的頭顱。

「啊啊啊啊啊啊啊啊啊啊啊啊啊啊啊啊啊啊啊啊啊啊啊啊啊啊啊啊啊！」

莉莉姆奮力往沙灘一蹬，朝佩托斯撲過去。

但是隨即被佩托斯的鎖鍊打飛。

「咳咳……我……我要殺……了……你……」

她的身體使不上力氣，意識也愈來愈模糊。

「把她綁起來送往瓦利歐拉的研究所。我去找派閥成員協調——」

莉莉姆終於澈底暈了過去。

清醒過來時，莉莉姆發現自己身在一輛馬車裡。

她的雙手雙腳都被綁住，嘴裡有血的味道。

「我要殺了你們……一定要殺死你們所有人。」

聽到她的低語，負責監視的男子不屑地以鼻子哼笑一聲。

「我要殺了你們……！」

莉莉姆的淚水早已乾枯。
現在支撐著她的，只剩下憎恨的情感。
她需要力量。
知識派不上任何用場。無法守護任何人。只有純粹強大的力量，才能開拓前行的道路。
「我想要力量……！」
莉莉姆這麼祈禱。
能破壞這個束縛的力量、能殺死那名祭司的力量，以及──
『──妳渴望力量嗎？』
一個聲音不知從何處傳來。
「啊……？」
莉莉姆環顧周遭，然而除了負責監視的男子以外，沒看到其他人。
『妳渴望力量嗎──？』
這次聲音變得更加清晰。那是個宛如來自深淵的低沉嗓音。
「是的……！如果有力量……只要我有力量的話！」
「哈哈！這小鬼瘋了。」
負責監視的男子似乎聽不見這個聲音。但是莉莉姆確實聽見了。
就算這是幻聽，亦或是惡魔的呢喃，她都覺得無所謂。
她只想得到力量。

『渴望力量的話——我就賜予妳吧。』
下一刻，馬車裡浮現藍紫色的魔力。
「這……這道光是怎麼回事……？」
馬車停下，幾名男子從外面鑽進馬車。
「發生什麼事了！這股魔力是什麼！」
藍紫色魔力化為細小分子，描繪出螺旋的軌跡。
一個人影在螺旋中央出現。那是一名身穿漆黑長大衣的少年。
「這傢伙是怎麼跑進馬車裡的！」
「抓住他！把他從馬車裡拖出去！」
『I Am……』
站在魔力源中心點的少年舉起漆黑之劍。
巨大魔力撼動現場的空氣。
莉莉姆目睹了壓倒性強大的力量集中在那把劍上。
這正是她渴求的東西。
足以粉碎一切的力量。
『——Imitation Atomic。』
魔力迸裂。
聲音消逝，世界染成一片藍紫。

「……大概六十分吧。距離完成還很遠。」

少年的說話聲讓莉莉姆醒來。她似乎暈了過去。

「這種程度遠不及我的目標……」

少年站在魔法迸裂造成的巨大圓形坑洞裡自言自語。

馬車整輛被炸飛，詭異的集團也澈底消失無蹤。

莉莉姆不禁渾身打顫。

但是心底湧現的並不是恐懼。

「請、請問……」

「嗯？妳醒啦。妳是惡魔附體者吧，總之我先幫妳治好。」

少年說完之後便朝莉莉姆釋放藍紫色魔力。

溫暖的魔力包覆莉莉姆身上的黑色斑紋，然後開始發光。

藍紫色的魔力彷彿將時光倒轉，讓莉莉姆的肌膚重生。

「騙人……怎麼會……」

等到光芒消逝，黑色斑紋也完全消失。

折磨莉莉姆的惡魔附體者症狀，就這麼輕易被少年治好了。

「這個大概九十五分。控制已經近乎完美。雖然很累就是。」

「真的是這樣……」

發自內心的淚水湧現。

「真的是這樣……父親說得沒錯……！」

「嗯？」

「父親說惡魔附體者是英雄的後代……還說東邊有能夠治好惡魔附體者的人……原來全都是真的！」

「這個設定傳到這種地方啦……」

「可是為什麼……為什麼父親……還有母親……為什麼……他們說的明明沒有錯……！」

少年站在一旁搔頭。

「……這是迪亞布羅斯教團一手造成的。全都是他們的錯。」

「迪亞布羅斯教團……？」

「沒錯。剛才那些男人其實不是聖教信徒，而是迪亞布羅斯教團的成員。他們隱匿真相，將英雄後代從歷史上抹煞，企圖讓魔人迪亞布羅斯復活。對他們來說，英雄後代只是阻礙——」

如此說道的少年轉過身。漆黑長大衣的下襬在空中飄揚。

「吾等乃闇影庭園……潛伏於闇影之中，狩獵闇影之人……」

「潛伏於闇影之中，狩獵闇影之人……」

這句話深深撼動莉莉姆的心。

她覺得所有的一切都串連在一起。
「父親說的果然都是真的。」
「沒錯。」
「米德加王國有能夠治癒惡魔附體者的人物。而我的使命就在那裡。父親是這麼說的。」
「嗯？這樣啊。」
「你就是我的使命。」
沒錯，這就是莉莉姆的使命。
父親的死、母親的死，還有弟弟的死。
他們犧牲自我，延續了莉莉姆的生命。
「我想要力量……請賜予我能夠狩獵那些傢伙的力量！」
「也好。反正她快來了。」
「她……？」
下一刻，眼前的夜色搖曳起來。
一名身穿漆黑戰鬥裝束的美麗金髮精靈現身。
「不是要你等一下了嗎！我們跟不上你的速度呀。」
她看起來有幾分不悅。
「不過，任務已經結束。」
「我光看就知道了。雖然已經化為碎片，但這看起來的確是教團的馬車。我每次都提醒你要

留下證據……」

精靈少女對少年投以帶點怨懟的眼神。

少年一臉無辜地搔搔頭。

精靈少女只能以放棄的模樣嘆了一口氣。

「那麼，她就是這次的……」

眼睛望向莉莉姆。

「沒錯。接下來交給妳了。」

「咦？等一下啦！」

「詳情就讓阿爾法告訴妳吧。」

對莉莉姆說完這句話，少年瞬間消失無蹤。

「真是的！每次都馬上不見人影……」

「請問……妳是？」

聽到莉莉姆的問題，精靈少女露出柔和的微笑。

「抱歉，好像嚇到妳了。我叫阿爾法，是闇影庭園的首席。請多指教嘍。」

「阿爾法……我是——」

莉莉姆正打算自我介紹時，阿爾法打斷了她。

「等等。從今天開始，妳必須以不同名字活下去。」

「咦？」

「吾等是潛伏於闇影之中，狩獵闇影之人。生活在普通世界的吾等，不過是虛幻的存在。黑暗才是吾等真正之姿。這或許會讓妳無法再次回到普通世界，不過……」

阿爾法邊說邊拿出一個面具。

她以澄澈而美麗的藍色眼眸直盯莉莉姆。

「倘若妳有這樣的覺悟，就收下這個吧，闇影庭園的第六席『潔塔』。」

「潔塔……我是，潔塔……」

莉莉姆百感交集地喃喃自語。

「看來妳已經做好覺悟了。妳的眼神很堅強，不過……」

「……我想要力量。」

「妳很有天分。總有一天會得到強大的力量。不過那股憎恨總有一天……」

原本想說些什麼的阿爾法顯得欲言又止。

她以藍色眼眸凝視莉莉姆片刻後——

「不，沒什麼。」

帶著有些悲傷的表情開口。白色雪花無聲無息地持續從夜空飄落。

「唔，妳吃了很多苦呢。」

待潔塔道盡一切後，他看著窗外回了一句。
這是很冷淡的感想。
不過聽在潔塔耳中，這是足以包容所有的一句話。因為她不需要僅止於表面的廉價同情。
「嗯，吃了很多苦。」
所以潔塔也平淡回應。
她把那天的強烈恨意深深埋在心裡。多餘的感情只會阻礙計畫進行。
為了避免感情因為瞬間的疏忽流洩，不知不覺變得愈來愈沉默寡言。
潔塔認為這是很理想的變化。隨著情感和肉體的改變，她覺得自己一步步朝目標靠近。
「我是被丟棄的貓咪。被吾主撿回來的柔弱小貓咪。所以一直在思考吾主渴望的世界應該是什麼樣子。因為吾主不太會說這方面的事。對我來說有點困難。」
「是嗎。」
「嗯。是。」
他捧起酒杯。
潔塔隨即往酒杯注入紅酒，然後依偎在他的身旁。
「吾主渴望長生不老。現在的我終於明白代表什麼意義。」
「真虧妳能明白啊。」
「吾主總能洞察未來，而我也是。」
「是嗎……」

他望向窗外的深沉黑暗。潔塔也跟著這麼做。

「我要讓魔人迪亞布羅斯復活。」

「……這樣啊。」

「吾主果然不阻止我。」

「我不打算否定妳的選擇。」

「吾主太溫柔了。所以才無法做出這個選擇。」

「是嗎？」

「光是溫柔，無法改變世界。這樣的溫柔，成了束縛吾主的枷鎖。」

「……是這樣嗎？」

「是。我不溫柔，所以即使會讓全世界陷入危險，我也要讓魔人復活。」

「……會招致怨恨喔。」

「我不在乎。因為對世界來說，這是必要的——」

潔塔以帶著幾分顧慮的動作靠上他的肩膀。

「——我會代替吾主承受整個世界的恨意。這就是我的使命。」

「是嗎……」

潔塔離開他的身邊，轉身背對。

「倘若那個時刻到來，就將我當成棄子……」

只留下這句話，潔塔便消失在漆黑的夜色中。

潔塔站在夜晚的頂樓俯瞰整座學園。金色的尾巴在寒冷北風當中搖曳。

「——時候到了。」

她輕聲開口。

「終於……到來了嗎？」

「您已經做出決定了吧。」

潔塔背後有兩個人影。

一個是維多莉亞，另一個是將頭上的帽兜拉得很低的少女。

「我要讓魔人迪亞布羅斯復活。」

潔塔如此表示。

「闇影大人怎麼說？」

維多莉亞問道。

「我跟吾主說了。就只是這樣。」

「沒能得到准許嗎？」

「打從一開始就不打算徵求吾主的許可。只是心想如果被他阻止，我就放棄。」

「所以闇影大人才沒有阻止您。」

維多莉亞露出微笑。
「嗯。接下來這一切，全都是我的擅自行動。」
「這是背叛闇影庭園的行為。」
「我不在乎。阿爾法太溫柔了，她不曾思考打倒教團之後的未來。但是我不同。」
潔塔瞇起淡紫色的眼眸。
「我要讓魔人迪亞布羅斯復活，得到長生不老的力量。然後永遠管理這個世界。」
「而闇影大人會成為這個世界的神。」
維多莉亞的雙頰染上陶醉的緋紅。
「……會被怨恨喔。」
一直沉默不語的帽兜少女終於開口。
「吾主渴望長生不老。所有的罪孽就由我來承擔。」
「那麼出發吧。為了闇影大人的榮耀。」
「……開始執行計畫。」
維多莉亞和帽兜少女無聲無息地消失了。
只剩潔塔獨自佇立在樓頂。
她默默俯瞰學園四處的燈光。
「我要奪走一切。長生不老的力量，還有世界的支配權。在這之後……不會重複相同過錯的完美世界就此降臨……」

在黑暗夜色中搖曳的學園燈火，彷彿那一天的火炬，喚醒了潔塔沉睡的記憶。

「這就是我的使命……！」

像是為了確認這一點，她緊緊擁住自己的身子。

不要緊，自己的雙腿沒有顫抖。

內心也很平靜。

潔塔對著夜空深深吐出一口白色霧氣。

「父親……吾主……我變強了喔。」

孤獨一人的她這麼輕喃。

# 四章

## 今天的世界也很和平！

The Eminence in Shadow
Volume Five
Chapter Four

「遭到入侵至最深處啊……」

芬里爾在白色霧氣當中自言自語。

在完好如初的裝置前方，有著幾灘血和兩個足跡。

「她們理應能夠破壞裝置。是察覺到魔力不足的事實了嗎……不對，就算這樣，也該破壞才對吧。」

染血的足跡穿越裝置之間的空隙，一直延續到後方門前。

「不解開封印就無法打開這扇門。她們到底是來做什麼的……」

芬里爾走向封印迪亞布羅斯右手的空間，來到大門外頭。

這才發現防衛裝置曾經啟動。

「是莉莉把她們趕跑了嗎？」

他能想到的理由只有這個。

不過無論如何，闇影庭園八成還會再次現身。所剩時間不多了。

「……您看起來很困擾呢。」

這時，白色霧氣之中傳來另一個人聲。

芬里爾隨即轉身揮劍。劍壓將霧氣一分為二。

一名祭司跟著現身。

「喔喔，真可怕。」

他臉上帶著淺淺的笑意。

「佩托斯……你好歹打聲招呼吧。我差點殺了你。」

「許久不見，圓桌騎士第五席的芬里爾大人。您的劍技依舊驚人。我嚇得背脊發冷呢。」

「……哼。」

方才那一劍，芬里爾是認真的。就佩托斯的實力而言，理應不可能擋下。

然而佩托斯毫髮無傷。真是令人不快的男人。

「要是認真一戰，我絕不可能贏過您。」

「你是會認真戰鬥的男人嗎，圓桌騎士第十席的佩托斯？」

芬里爾以不屑的語氣回應。

「那麼，你有什麼事？」

「我看您似乎很困擾，所以想來助您一臂之力。」

「你覺得我會藉助你這種邪魔外道的力量嗎？」

芬里爾以鼻子哼笑一聲。

「哎呀，居然說我是邪魔外道，真是讓人意外。我只不過對教團忠心不二罷了。」

佩托斯臉上的笑意變得更深。

「……我再問一次。你來做什麼，佩托斯？我們的交情應該沒有好到可以閒話家常。」

感受到芬里爾的殺氣後，佩托斯收起笑容。

「芬里爾派三番兩次的失態，目前成了圓桌會議上備受關注的問題。解放右手的進度似乎也有所延遲。」

佩托斯朝圓柱狀的裝置瞄了一眼。

「目前進度大約六成吧。」

「六成是嗎……您應該也很清楚，在聖域崩壞後，左手已經獲得解放。因此迪亞布羅斯精華今年的產量估計還會更少。」

「歐蘿拉還是很抗拒嗎？」

「是的。她今年的態度比往年更加來得堅決。恐怕是因為解放左手，讓她慢慢取回自我意識的緣故。」

「真麻煩……今年有幾滴？」

「九滴……雖然想這麼說，但有可能變成八滴。幸運的是託闇影庭園的福，圓桌騎士的人數減少了一些……噢，這麼說似乎思慮欠周呢。」

不知有什麼好笑的，佩托斯咯咯笑了幾聲。

「倘若迪亞布羅斯精華的產量比預測來得更少……或是有新人晉升圓桌騎士的行列，今年的精華就沒有您的份，芬里爾大人。」

「你倒是挺囂張的，佩托斯。」

芬里爾帶著殺氣揮劍。

這一劍劈開佩托斯的上衣，在他的頸子留下一道細細傷口。

「哎呀……」

「不過是個新人，竟然自以為立場跟我對等嗎？」

「這是圓桌會議的結論，我只是前來向您報告這件事。由此可見，芬里爾派的失態已經獲得騎士們的重視。」

芬里爾輕輕咂嘴，壓抑自身的殺氣。

「……是洛基在搧風點火嗎？」

洛基是長年以來與芬里爾敵對的派閥領導人。

「洛基大人他……也出席了之前的會議。」

「你八成也贊同這個決定吧，佩托斯？這樣一來你分到精華的機會也多了一些。」

「不，我可是一直都是芬里爾大人的夥伴。」

聽到佩托斯的回應，芬里爾哼笑一聲。

「真要說來，這明明是過於輕視闇影庭園的教團應該負責。跟他們相關的報告，印象中是在五年前第一次出現吧。載運惡魔附體者的馬車遭到神祕集團突襲那件事。倘若那時有好好處理，應該不至於讓他們的勢力擴大到這個地步。」

「……的確發生過這種事呢。」

「以為已經得到長生不老的力量就過於鬆懈，導致教團宛如圈養的肥豬一般遲鈍。除了原本就空著的第十二席以外，涅爾森和莫德雷德也接連殞落。圓桌騎士的素質未免下降太多了。你也不過是代替兩年前被闇影殺死的第十席罷了。否則只論實力的話，你這種人不可能躋身圓桌騎士的行列。」

「就某方面而言，我算是託闇影庭園的福才得以成為圓桌騎士。我還挺感謝他們的。」

佩托斯以嘲諷的語氣開口。

「不好意思，一不小心說溜嘴了……不過圓桌騎士終於採取行動了。他們是認真的。」

「要執行那個計畫……『狩獵闇影之顎』嗎？」

「不知道能否順利進行呢。」

「由洛基擔任盟主這點雖然令人不快，但不失為一個契機。我們必須好好判斷闇影的實力究竟有幾分真實性……」

「……您覺得他是冒牌貨嗎？」

「我沒這麼說。不過要是他的實力確實如傳聞那般強大，這也未免太超脫現實。或許是傳說等級的古文物、來自魔界的人類，抑或和教團擁有相同技術……」

「如果他只是個普通人類呢？」

「那就真的是登峰造極的習武奇才。倘若這樣的人物確實存在，我倒想親眼見識。不管怎麼說，這是圓桌騎士睽違數百年的合作。總有一天，你會明白這次行動的真意——」

芬里爾的臉上露出無畏的笑容。

「原來如此……那麼身為新人的我就乖乖遵守命令吧。我好歹也是計畫成員之一。」

「可別搞砸了，佩托斯。」

「您也是，芬里爾大人。倘若解放右手的計畫失敗，導致遺跡落入闇影庭園之手……」

話說到一半，佩托斯噤聲擺出防禦架勢。

駭人的魔力不斷從芬里爾的身體傾洩而出。

「你以為自己是在跟誰說話，佩托斯——我可是芬里爾，長年位居圓桌騎士第五席的人物。我有和這個身分地位相稱的自負。絕對會成功解放迪亞布羅斯的右手。」

「……這才像您，芬里爾大人。」

「我們必須讓魔人迪亞布羅斯復活，成為真正長生不老的存在。為了這個目的，無論使用何種手段都在所不惜。即使會讓這個國家毀滅……」

「……結果便是一切。我今天之所以前來，也是為了協助您。」

「我剛才說過了，不需要你這種人的協助。」

「這是圓桌會議的決定。請您使用這個古文物。」

如此說道的佩托斯遞出一個像時鐘那樣帶有指針，設計令人不敢恭維的項圈。

「……這是？」

「這是教團研究室開發的最新型古文物。收集魔力的問題似乎讓您勞心勞力，我想這個東西應該能派上用場。」

「……要是哪天心血來潮我再用。話說回來，你竟然特地為了跑腿而過來一趟，今天吹的到底是什麼風啊？」

「我只是遵從上頭的命令罷了。因為我是對教團忠心耿耿的男人。不介意的話，我想換個話題……據說曾有金色獸人造訪這座遺跡？」

佩托斯以有如閒話家常的輕鬆語氣開口。

然而芬里爾從他的嗓音察覺，這才是佩托斯過來這裡的真正目的。

「金色獸人嗎？這個嘛……」

不用說，芬里爾的記憶裡當然留有金色七影的存在。

但他不打算親切地告訴佩托斯。

兩人四目相交。

「若是發現她，還請您通知我一聲。」

先移開視線的是佩托斯。

「那名獸人怎麼了嗎？」

「不，只是不值得一提的小事。我先失陪了。」

語畢的佩托斯快步走進濃霧之中。

「金色獸人……佩托斯殺光金豹族，順利取回樣本，因此晉升圓桌騎士的一員。難不成……是金豹族的倖存者嗎？」

芬里爾將視線移向累積魔力約莫六成的圓柱狀裝置。方才已經宣言自己會不擇手段。

「感覺事情變得有趣了。」

芬里爾露齒一笑。

先前黑色魔獸肆虐的奧里亞納王國，在闇影庭園的協助下迅速重建、復興。

阿爾法瞇起雙眼，從王城眺望夕陽餘暉染紅的景象。

「那麼——妳做好覺悟了嗎？」

出聲詢問身後的少女。

有著蜂蜜色秀髮的美麗少女，其名為蘿絲・奧里亞納。

「我能得到原諒嗎？」

如此發問的蘿絲眼中透露一絲不安。

「恐怕沒辦法。有許多人民至今依然憎恨著妳。」

「我還是……無法成為國王。這麼做只會為這個國家帶來更多混亂。」

「若是一般情況，這樣的想法或許沒錯。但是現在不一樣。要是得知這個國家今後的命運，妳將會明白自己沒有其他選擇。」

阿爾法轉過身，對蘿絲投以嚴厲的視線。

「妳知道米德加王國和奧里亞納王國已經解除同盟關係了吧？因此聖教正式將奧里亞納王國視為異端國家。奧里亞納王國的貿易行為將會受到嚴格限制，不消多久時間就會全面停擺。面對這個情況，周遭國家總有一天會收到討伐奧里亞納王國的命令。雖然不知道有哪些國家會應要求出兵，但是戰力所剩無幾的這個國家絕對無力反抗，只能迎向滅亡。」

「異端國家……為什麼事情會變成這樣？」

蘿絲低下頭來，用力握拳。

「因為教團畏懼這個國家。」

「教團為何要畏懼這樣一個小國？」

「他們是怯懦的羔羊，所以害怕陽光。」

「這是什麼意思？」

「長生不老是人類欲望的象徵。得到這個力量的人，最害怕的就是被別人奪走。如果光明正大站上舞台支配這個世界，必定會有企圖奪走這股力量的人物現身。所以他們才會躲起來，將長生不老的祕密藏匿在無人能夠奪取的地方，待在舞台後方透過聖教支配世界。從過去到現在，他們一直都像這樣畏懼陽光。」

「怯懦的羔羊……」

「然而奧里亞納王國決定和迪亞布羅斯教團敵對。這樣的變化，讓世界這個舞台的表與裡串連在一起。若是放任奧里亞納王國不管，迪亞布羅斯教團總有一天會被迫站上舞台。他們就是害怕這一點。」

「……闇影庭園打算利用這一點嗎？」

蘿絲同樣對阿爾法投以嚴厲眼神。

「沒錯。我們打算利用奧里亞納王國，也是基於這樣的理由協助妳。」

「憑藉闇影庭園的力量，應該能夠打倒教團才對。為什麼還要找上奧里亞納王國……」

「因為迪亞布羅斯教團不會消滅。」

「……咦？」

「人會死，國家會滅亡，但是宗教絕不會滅絕。就算我們打倒迪亞布羅斯教團，事情也不會結束。宗教便是這樣的存在。只要還有信徒存在，就能永久不滅。」

「怎麼會……」

「可不能小看教團喔。要是與教團為敵，可能會被人民從背後捅一刀。包括祭司在內，信奉聖教的人民大多都是普通的善良老百姓。然而教團會利用聖教，煽動人民與我們為敵。闇影庭園再怎麼強大，也不可能殺光遍布全世界的聖教信徒。所以我們才需要奧里亞納王國。目的是逼迫迪亞布羅斯教團這個邪惡的存在站上舞台，同時澈底切斷他們和聖教的關係。」

「要怎麼澈底切斷？」

「讓聖教和教團撇清關係。人民信仰的是聖教，而不是迪亞布羅斯教團。釐清這一點之後，就能讓迪亞布羅斯教團成為全世界共通的敵人。為此我們必須取勝。周遭國家遲早會出兵討伐奧里亞納王國。屆時我們必須戰勝他們。在取得勝利之後，向全世界宣言『這個世界的敵人是迪亞布羅斯教團』。」

「為了這個目的，所以要我成為國王嗎？」

「消滅教團之後，必須有個國家代替我們站上舞台。奧里亞納王國與聖教之間的戰爭，正是闇影庭園與迪亞布羅斯教團的代理戰爭。倘若妳有成為國王的覺悟，我們就會暗中扶持妳。」

「……我能成為偉大的國王嗎？」

蘿絲低著頭擠出這句話。

「妳不是治世之王，而是亂世之王。治世之王必須具備的素質，是能廣受人民愛戴、讓國家變得富饒的『溫柔』。但是亂世之王不同。亂世之王必須具備的素質是『強大』。即使必須承受痛楚、做出犧牲、被人民憎恨，仍能堅持達成目標的強大——」

阿爾法以那雙美麗的眸子筆直望向蘿絲。

「蘿絲・奧里亞納。成為強大的國王吧。」

「強大的國王……」

蘿絲細細思考這幾個字代表的意思。

她沒有發出聲音，只是在內心默念。隨後腦中浮現弱小不堪的自己。

「我……是弱小的存在……」

「只有知曉脆弱之人才能變強。」

一滴淚水從蘿絲臉頰滑落。

「為了父王留給我的奧里亞納王國，以及這個國家的人民，如果還有我能做的事……縱使會招致怨恨，我也想守護這個國家。我……」

蘿絲拭去眼淚，然後抬起頭來。

她拔出細劍，抵在自己蜂蜜金色的長髮上。

「我……不想以弱小之姿邁向終點。」

如此說道的她以細劍掠過長髮。
斷裂的蜂蜜金色髮絲在空中飛舞。
「我會成為強大的國王。」
蘿絲的一頭長髮，現在變成及肩的長度。
「只要妳做好這樣的覺悟，闇影庭園發誓絕不會背叛妳。」
阿爾法露出溫柔的微笑。
接著阿爾法將六六四號和六六五號喚來。不知為何，現身的兩人是一身女僕裝打扮。
「我會安排這兩人待在妳身旁。熟識的人對妳來說也比較好吧？」
「非常感謝您。」
「不需要對我這麼恭敬。我們現在站在對等的立場。妳將會成為強大的國王吧？」
「是的……啊，沒錯，我會成為強大的國王。」
蘿絲以不太習慣的語氣回應。
「嘻嘻……六六六號真可愛。」
「好吧，這樣也好。如果她願意找我商量，問題其實可以更快解決就是了。」
六六五號和六六四號低聲開口。
「謝謝妳們。」
「不客氣～」
「妳、妳可別忘了我是分隊長喔。」

「我明白，分隊長。」

蘿絲對兩人露出柔和的笑容。

「今後的計畫會透過六六四號和六六五號通知妳，請妳為她們準備對外的戶籍資料和職稱。闇影庭園和奧里亞納王國之間的關係還是不要曝光比較好。」

「我會對外表示她們是我的貼身侍女。戶籍只要申請通過即可。」

「就這麼做……好像有人來了。」

這時有人打開房門，一名藍色長髮的少女走了進來。

她是七影的第三席伽瑪。

不知為何，她還拉著另一名少女。

「原來您在這裡，阿爾法大人。」

「哎呀，妳也到奧里亞納王國來了嗎，伽瑪？」

「考量到今後的計畫，我決定把四越商會的奧里亞納王國分店收掉，將心力放在充實闇影庭園據點的準備工作。」

伽瑪稍微壓低音量開口。

「不愧是伽瑪，辦事效率一流，幫了我大忙呢。」

「蘿絲公主最後的決定是？」

伽瑪以眼角餘光瞄向蘿絲。

「她決定跟我們步上同一條道路。」

阿爾法望著蘿絲回答。

「還請多多指教。」

面對蘿絲的招呼，伽瑪沒有開口，只是低頭回應。

「阿爾法大人，有兩件事要向您報告。直接在這裡說出來也無妨嗎？」

伽瑪似乎有點在意蘿絲也在場一事。

察覺到自己尚未被全盤信任的事實，蘿絲連忙開口：

「我馬上替兩位安排其他房間——」

「——無所謂。」

阿爾法打斷蘿絲的話。

「可以嗎？」

「嗯，我不介意。」

如此說道的阿爾法望向伽瑪和蘿絲。

我不介意。那妳們呢？

她用眼神這麼詢問兩人。

「……我也不介意。」

「我也是。」

伽瑪和蘿絲答道。

「首先，是關於貝塔前些日子從魔界回收的各項物品。」

「『筆記型電腦』跟『平板電腦』吧。」

「這些都是由希妲負責調查。說明一下吧，希妲。」

伽瑪對著被她拖進房裡的少女開口。

「呼嚕～」

熟睡的少女發出聽起來可愛又俏皮的呼吸聲。

「希妲，妳快醒醒！」

伽瑪抓住希妲的雙肩用力搖晃。

希妲前後搖晃的腦袋就這麼撞上伽瑪的鼻子。

「呸嘎！」

這股衝擊讓希妲清醒過來。

「嗯啊～？」

她是希妲。七影中的第七席，主要負責研究闇影睿智的工作。

「……這裡是哪裡？」

希妲懶洋洋地環顧周遭。

她是一名身型嬌小的精靈。

一頭深色長髮因為剛睡醒而到處亂翹。

「好、好了，快點跟阿爾法大人報告成果！」

伽瑪按著不斷流鼻血的鼻子開口。

「報告……？啊～筆記型電腦的研究結果。」
「沒、沒錯。」
「呃，報告～」
希妲睡眼惺忪地望向阿爾法。
「像筆記型電腦這類必須通電的物品全都故障了。我把它們拆開來研究，判斷應該是穿越次元洞穴時的電磁波造成的影響。」
「修得好嗎？」
「現在不行～不過之後應該有辦法分析。」
「是嗎……那也沒辦法，只能耐心等待了。貝塔也真是的，怎麼盡是帶一些必須通過電力運作的東西回來。」
「也不全然是這樣。這些裝置採用的技術極度優秀，就算無法運作，也能學到不少新知。」
「這樣啊？那就好。不過貝塔應該很沮喪吧？」
「她嚎啕大哭。」
「這是需要嚎啕大哭的事嗎？」
「不是。我看她很沮喪，所以把能讓心情變好的藥物摻進茶水裡給她喝。」
「……然後呢？」
「她突然開始脫衣服，接著又哇哇大哭。原因不明，讓人深感興趣。」
希妲的嘴角彎成邪惡的笑容。

阿爾法重重嘆氣。

「……我要大幅縮減下個月的研究經費。」

「咦，為什麼！」

「我早就說過未經許可不准擅自進行人體實驗吧。好好反省。」

「咦～闇影睿智的發展必定會伴隨犧牲啊。」

「『咦～』也沒用。今後如果發現能運用在這個世界的技術，務必一一向我報告。」

「咦咦～」

「讓妳帶回去的東西，還有另外一個吧？」

阿爾法瞇起眼睛問道。

「東西……噢，那個異世界人剛才醒過來了。她不懂這個世界的語言，所以現在是貝塔在跟她對話。她的名字是茜。」

「茜……還有查到其他情報嗎？」

「我判斷她的身體構造與人類幾乎沒什麼兩樣，但是詳細狀況還不清楚。如果能進行人體實驗的話，馬上可以釐清。」

「在茜的狀態穩定下來之前，先交由貝塔負責。絕對不能對她做什麼奇怪的事喔。」

「咦～」

希妲看似不太情願地答應了。

「跟希妲相關的報告我明白了。那麼，第二個報告呢？」

阿爾法望著伽瑪發問。

「第二個報告是關於米德加王國的潔塔。潔塔本人有向您報告什麼嗎？」

「沒有呢。那孩子真是的……每次都不確實報告。」

阿爾法再次嘆氣。

「過來奧里亞納王國之前，我確認了一下米德加王國的狀況。由我來跟您報告吧。」

「妳幫了大忙呢，伽瑪。」

「芬里爾派開始行動了。似乎有數名米德加學園的學生遭到他們綁架。因為惡魔附體者幾乎都被我們回收，解除封印的計畫變得窒礙難行。」

「潔塔如何對應？」

「這個……她尚未採取任何行動。」

「尚未採取任何行動？」

「是的。她理應已經掌握芬里爾派的動向。」

「那孩子雖然我行我素，但是無疑十分優秀。發生什麼事了嗎？」

阿爾法感到有些不解。

「雖說已經式微，不過芬里爾派畢竟是長久以來暗中操控米德加王國的勢力。而且芬里爾又是初期圓桌騎士之一，絕不能小看他。」

「之前的信用緊縮，應該已經讓芬里爾派蒙受極大損失。我原本以為他們的戰力跟資金所剩無幾……該說不愧是初期圓桌騎士嗎？真是深藏不露。」

「是不是派人過去支援比較好？雖然戴爾塔也在米德加王國，但是我不覺得那兩個人有辦法合作。」

「這個嘛……」

回覆模稜兩可的答案之後，阿爾法望向窗外的景色。

「我忙著準備據點，希妲也因為研究離不開身。貝塔得照顧異世界人和處理文書作業……有空的大概只有伊普西龍了。讓她帶領幾名編號者……」

「沒有必要。」

阿爾法望著遠處開口。

「可是……真的不要緊嗎？」

「不用擔心。那孩子想必不會有問題。她從以前就是這樣呀。」

聽在伽瑪耳裡，這樣的想法實在樂觀到不太像阿爾法。

「我總有種不好的預感。」

「……至今我仍會想起第一次遇見潔塔的那天。從來不曾見過那麼悲傷的眼神，就好像憎恨世上的一切似的。為了治癒她的心傷，我歡迎潔塔加入闇影庭園，將她視為家人對待……之後她就改變了。」

阿爾法轉過頭，以湛藍雙眸望向伽瑪。

「所以，沒問題的……因為我們是一家人。」

阿爾法面露微笑。那是個彷彿能夠包容一切的溫柔笑容。

Not a hero, not an arch enemy,
but the existence intervenes in a story and shows off his power.
I had admired the one like that, what is more,
and hoped to be.
Like a hero everyone wished to be in childhood,
"The Eminence in Shadow" was the one for me.
That's all about it.

# The Eminence in Shadow

I can't remember the moment anymore.
Yet, I had desired to become "The Eminence in Shadow"
ever since I could remember.
An anime, manga, or movie? No, whatever's fine.
If I could become a man behind the scene,
I didn't care what type I would be.
Not a hero, not an arch enemy,

# 五章

## 意外重演的學園恐攻事件！

The Eminence in Shadow
Volume Five
Chapter Five

亞蕾克西雅抬頭仰望夕陽染紅的米德加學園校舍。

下課的學生們魚貫走過她的身旁。

「騎士團不值得信賴。就連王姊也……」

一邊回想起前幾天跟愛麗絲的對話，口中唸唸有詞。

姊姊變了，變得聽不進她說的一字一句。

「我非得做點什麼才行……」

如今教團正躲在這個學園的某處，進行讓迪亞布羅斯右手復活的計畫。

既然無人能夠信任，就只能靠自己的力量了。只要阻止右手復活，同時掌握確切的相關證據，應該能讓大家相信她。

「妳別擋路啦。」

「好痛！」

突然有人從背後用力推了亞蕾克西雅一把。她不禁轉身。

一名雙手抱胸的黑髮美少女，背對夕陽站在那裡。

「克萊兒……」

「這樣杵在路中間，會妨礙我進攻耶。」
「進……進攻？」
她的發言聽來莫名其妙。
克萊兒以充滿謎樣自信的眼神望向她。
「表情看起來這麼無精打彩，妳是怎麼了，亞蕾克西雅？」
「我剛剛……在思考接下來的事。」
「哎呀，真巧，我也是。」
「妳也是？」
「對呀。就算真相埋沒在黑暗之中，也不代表事情就此結束。需要有人暗中解決。」
「……？」
「另外，之前可能沒跟妳提過……其實我是天選之人。」
如此說道的克萊兒舉起烙印著魔法陣的右手。
「拯救世界、保護席德，就是我的使命。為此，我才會得到這股力量。」
「啥……？」
「既然目的相同，更應該積極合作才對。走嘍。」
「等……等一下啦！」
仍然一頭霧水的亞蕾克西雅，就這麼被克萊兒拖著走。
然而，不可思議的是她並不會覺得不悅。

「妳打算去哪裡呀！」

「教會啊。」

「妳知道教會在哪裡嗎？」

「我知道──因為右手會隱隱作痛。」

克萊兒一臉認真地停下腳步。

「雖然歐蘿拉什麼都沒說，但是我知道她有所隱瞞。也知道這隻發痛的右手將會引導我邁向真相──」

克萊兒邊說邊解開纏著右手的繃帶。

烙印在皮膚表面的魔法陣發出淡淡光芒。

「聽起來很可疑耶……」

「痛覺變得愈來愈強烈……關鍵的瞬間近了。」

接著魔法陣突然發出格外強烈的光輝。

「──要來了！」

下個瞬間，眼前的世界彷彿鏡子化成碎片。

「咦，不是吧！」

亞蕾克西雅記得這樣的光景。這與兩人被圖書管理主任綁架時的狀況相同。

白色濃霧開始籠罩學園。

「這……這是怎麼回事？」

「為什麼學園會突然起霧……！」

霧氣逐漸籠罩整座學園，就連回家路上的學生都被一同捲入。

我站在頂樓，俯瞰夕陽染紅的米德加學園。

「無妨。倘若這是世界所需要的——就讓我被世界怨恨吧。這正是我的使命——」

唸出將潔塔昨晚說過的話稍加改變的台詞之後，我的內心湧現亢奮不已的感覺。

「……這種展開也不賴呢。」

背叛整個世界的男人闇影。

為了守護這個世界，選擇獨自背負罪惡——太帥氣了。

「潔塔也真有兩下子。沒想到她會這麼講究自己的人設……」

為了向她致敬，就讓我抄襲一下吧。

不，等等。這麼說來，我過去應該說過類似的台詞。

「吾等原本便不是走在正義之路上的存在，但也不是邁向邪惡之路的存在。吾等只會於吾等的道路前進——」

我站在頂樓一角，擺出帥氣的姿勢。

身上的制服隨風飄揚。

「若是你做得到，就把世上所有的罪惡都帶來吧。吾等將全盤接收——」

果然超帥的。

這確實是我說過的台詞。感覺也很適合傍晚的頂樓這種情境。

「也就是說，從時間順序來看，先說出這些話的人是我。就算抄襲她，也沒有任何問題。應該說是潔塔抄襲我才對。」

下次遇到關鍵時刻，我絕對要說一次這些台詞。

不過，這倒是個好機會。

最近在台詞方面有些疏於鍛鍊，試著久違地重拾初衷或許也不錯。

「——那是殘像。」

「黑影啊——吞噬一切吧。」

「起風了——那是靈魂的悲鳴。」

我一面唸出這些台詞，一面擺出各種姿勢。

我上輩子經常像這樣在頂樓進行祕密鍛鍊。令人懷念的回憶接二連三湧現。

「夕陽餘暉籠罩的校舍……獨自佇立在頂樓……俯瞰學生離開學校的身影，露出含意深遠的笑容的我……感覺有什麼事即將發生……」

所有的情境條件都很完美。

我舉起右手，帶著興奮的心情低語：

「——要來了！」

下個瞬間，眼前的世界化成碎片。

白色霧氣在周遭蔓延。

「……咦？」

白霧逐漸籠罩整座學園，彷彿要把這裡跟外界阻隔開來。

霧氣隨即變濃，濃到連夕陽的光芒都澈底遮蔽。

「……」

我眨了好幾下眼睛，環顧自己的周遭。

「……咦……咦咦？」

雖然有預感會發生什麼，但是沒想到竟然真的發生了。

學園裡困惑的人聲此起彼落。

「發、發生什麼事了？」

「得、得快點向老師報告！」

「老師們都外出參加教職員會議，沒有人在學校裡啊！」

還留在學校裡的學生聚集了起來。

「唔……神祕白霧……遭到隔絕的學園……以及在頂樓微笑的我……真不錯。」

雖然不清楚詳細狀況，但這絕對是要發生什麼事件的前兆。

「這片白霧……終將會讓世界籠罩於寂靜之中吧。」

我輕聲道出含意深遠的台詞，然後離開頂樓。

步下階梯來到校舍走廊。因為濃霧瀰漫，這裡顯得有些昏暗。
看樣子有一半以上的學生已經放學回去了。
「這陣霧氣到底是什麼？」
原本以為又是圖書管理主任使用某種古文物的效果，然而他已經不在人世。
我試著用魔力分析濃霧，也只得出「這陣霧氣很不可思議」的結論。
「……算了。」
對我來說，比起弄清楚這片霧氣的來源，更重要的是如何好好在霧中享受當下的事件。
要先跟其他學生會合，還是突然以闇影之姿登場？
「要做什麼才好呢～」
我踏著小跳步在走廊上輕快前進。這時，遠處傳來一陣叫聲。
「發生事件了嗎？」
我加快速度朝著叫聲傳來的方向前進。

「應該是從這一帶傳來……」
前方是幾扇間隔密集的門。這裡是單人自習室。
因為接近放學時間，自習室幾乎沒人。我聽到唯一一間上鎖的自習室裡傳來聲響。

「哼！」

我一把將門把連同鎖頭扭下，以充滿氣勢的方式踏進室內。

「這、這是什麼東西啊！」

自習室裡有一名男學生。

他按著自己的頸子哀號。我對這張臉有印象。

「我記得你是跟我同班的……呃……鈴木同學？」

沒錯沒錯。是個存在感薄弱到幾乎能跟我匹敵的學生。為了向他薄弱的存在感致敬，我曾數度參考他的言行舉止。

根據我路人清單裡的資料，鈴木同學來自霍普公爵家的分家，與克莉絲汀娜同學是遠親。

「卡、卡蓋諾同學！快幫幫我，我沒辦法摘掉這個項圈！」

「項圈……？」

鈴木同學的頸子上套著一個品味不怎麼樣的項圈。這東西不適合普通的路人角色。

「真不像你耶，品味好差。」

「是它突然套在我的脖子上！不但摘不下來，而且從剛剛開始就一直發出怪聲音……」

可以聽見細微的嗶嗶聲持續傳來。

項圈上還有計時器。在我發現的瞬間，時間剛好歸零。

一陣拉長的「嗶～」的警示音效傳來。

「啊。」

「啊……！」

下一秒，鈴木同學的頭顱被炸飛了。

噴濺出來的鮮血沾染自習室的每個角落。為了避免弄髒身體，我即時以史萊姆擋下。

鈴木同學的頭顱在地上滾了幾圈。我與那雙含恨的眼睛對上視線。

「……雖然我有預感它會爆炸。」

看來晚了一步。

合掌默哀。

「好啦……這個項圈到底是什麼東西？」

我撿起鈴木同學的項圈。

這個品味不怎麼樣的東西如今已化為焦炭，計時器停在零秒的瞬間。

「唔……」

我對項圈注入魔力，試圖加以分析。

同時運用上輩子的知識，進行極為嚴謹而深入的推理。

結論是——

「這是計時器歸零就會爆炸的項圈型炸彈！」

我又更進一步地推理。

「唔唔……一般的計時器，指針的數字應該會隨著時間經過而減少，但是這款好像不同。指針會隨著魔力上下浮動。碰觸到項圈時，有種魔力被吸走的感覺。所以這是——會持續吸收項圈配戴者的魔力，一旦魔力量歸零就會爆炸的炸彈！」
在我們班上，鈴木同學的魔力量算是比較低的，而這一點似乎也讓他很煩惱。在自習室裡鍛鍊魔力的他，不幸在魔力所剩不多時捲入這次的事件，最後因為項圈爆炸而喪命。
「……真相永遠只有一個。」
我露出有些邪惡的微笑。
問題在於他是什麼時候，又是在哪裡被戴上這個項圈。
「一般來說，被戴上這種東西應該會馬上察覺。沒能察覺的人想必愚蠢至極……」
突然湧現不好預感的我，試著伸手觸摸自己的頸子。
是項圈的觸感。
是什麼時候……
「……想必是用一般人無法察覺的高超技巧套上的。」
我所能想到的下手時間，大概就是白霧出現的那個時候。
我將史萊姆化為鏡子，觀察自己脖子上的項圈。
這個項圈確實與鈴木同學配戴的東西相同。
顯示魔力殘餘量的計時器，有如故障一樣一直停在最高值九九九九。雖然能感覺到自己的魔力被一點一滴吸走，但是與我的魔力總量相比，被吸走的部分只能算是微乎其微，自然恢復的魔力量還要多上許多。
「唔……」

說真的，只要我有心拆下這個項圈，方法多得是。但是我當然不會這麼做。
這可是難得一見的「項圈炸彈事件」，豈有不參加的道理。
總之我暫時中斷體內的魔力回路，調整自己的魔力殘餘量。
「因為鈴木同學的魔力量比較低……好，這樣差不多吧。」
經過調整之後，計時器的指針落在六〇〇左右的數值。
大概每十秒會被吸走一點魔力。
我的人生還剩下一小時四十分鐘。
至於我刻意把魔力殘餘量調整得與鈴木同學差不多，目的當然就是……
「……偽裝成死亡的普通學生，藉此進行潛入調查的影之強者。哼哼哼，真是帥氣。」
原本在班上毫不起眼的鈴木同學經歷過這次的事件，不知為何變得開始會說出一些含意深遠的台詞。
在深藏不露的實力曝光，揪出事件真凶之後，他終於以真正的姿態示人……！
我開始興奮了。
「從紐那邊偷學的史萊姆特殊化妝技術，再加上從伊普西龍那邊偷學的史萊姆整型技術……大概就是這樣吧。」
我望向鏡中。不管任誰看來，鏡子裡的人都是鈴木同學。
為了保險起見，我把他的學生手冊和其他隨身物品一併帶上，完成事前準備。
「好，走吧！」

一如來時那樣，我以輕快的小跳步走出自習室。

亞蕾克西雅和克萊兒來到禮堂裡商討對策。

「錯不了的，這個項圈會吸取魔力。一旦計時器的數字歸零……」

亞蕾克西雅望向因為頸部的致命傷而死的學生遺體說道。

「摘下它也很危險呢。」

克萊兒對項圈注入魔力，反覆確認過好幾次。但是每次都有種不快的抗拒感受。

「總之，得避免做出浪費魔力的行為。尤其是魔力殘餘量較低的人更要多加注意。」

亞蕾克西雅對著其他學生喊話。

被神祕白霧捲入其中的學生們，現在都聚集在禮堂裡。雖然大部分的學生應該都已離開學校，踏入禮堂裡的人數還在持續增加。

大家的頸子上都有那個造型詭異的項圈。

亞蕾克西雅的項圈顯示一三〇三，克萊兒則是一九一七。

「呼……稍微在學校裡繞了一圈，沒看到半個可以仰賴的老師呢。」

身型嬌小，制服裙子特別短的女學生妮娜如此表示。

「這樣啊。看來只能靠我們自己做點什麼了。」

「妮娜，妳有看到席德嗎？」
「沒看到小老弟的蹤影耶。或許是回宿舍了吧。」
「太好了……」
克萊兒放心地吐出一口氣。
「話說回來，到底為什麼會變成這種狀況啊？神祕白霧、品味堪慮的項圈，再加上無法和外界取得聯絡。讓人完全摸不著頭緒。」
「……闇影庭園。」
一名墨綠色頭髮的男學生輕聲開口。
「學生失蹤案，還有圖書管理主任原因不明之死。傳聞表示這些都跟一個名為闇影庭園的組織有關。家父是騎士團的一員，所以我聽他說過不少相關話題。」
「……你是艾薩克同學吧？我有聽說你是前途大有可為的魔劍士。不過你有證據可以證明闇影庭園就是犯人嗎？」
「證據？您這個問題還真是不可思議，亞蕾克西雅大人。他們不是有企圖占領米德加學園的前科嗎？」
「……他們的動機是什麼？」
「闇影庭園是十分凶殘的犯罪組織。他們只是把殺人當成遊戲，用來滿足自身的欲望罷了，沒有任何動機可言。」
聽著這段對話的其他學生，臉上開始流露出不安。

「又、又是闇影庭園嗎……」

「之前的恐攻事件發生時……我差點就沒命了……嗚嗚……」

「什麼跟什麼啊……為什麼我們非得遇到這種事不可！」

「大家先冷靜下來！艾薩克同學，也請你避免做出煽動不安情緒的發言。」

「我很抱歉。」

艾薩克聳了聳肩。但是學生們的不安並未因此消散。

「以不夠充分的資訊來斷言犯人身分，是很危險的行為。我們現在應該做的，就是摘下這個項圈平安逃出去。不是嗎？」

「不過，想逃出去應該很困難喔。」

妮娜接著開口。

「小妹剛才試著研究這片濃霧蔓延的範圍，但是最後沒能離開學園的腹地。外圍有一圈像是看不見的牆壁的東西。」

「那麼，有沒有可以解除這個項圈的方法呢……」

「很難吧。這似乎是個構造複雜的古文物。要是隨便亂動，沒人知道會有什麼後果。」

「我想也是……」

令人窒息的沉默籠罩整個禮堂。

「我不要……我、我還不想死啊！」

原本待在牆邊不停發抖的男學生，在大喊之後起身衝了出去。

「我也是！我才不想……死在這種地方！」

幾名學生跟上男學生的腳步，準備離開禮堂。

「你、你們站住！」

亞蕾克西雅連忙喚住他們。

然而就在他們踏出禮堂的瞬間，大量鮮血跟著四散。

「這——！」

半透明的劍貫穿了學生們的身體。

持劍發動攻擊的是看起來毫無生氣，宛如亡魂的戰士。

「那是……亡魂！」

「亡魂是什麼東西！」

「我也不知道，這是歐蘿拉說的！」

克萊兒和亞蕾克西雅匆匆拔劍，趕往禮堂入口。

艾薩克和妮娜也跟了過去。

「哈——！」

「嘿！」

亞蕾克西雅和克萊兒的劍光閃動，幾個亡魂隨之消失。

然而禮堂外面仍有大量亡魂蠢蠢欲動。

「這麼多……什麼時候出現的！」

「真的很多。感覺會很辛苦。」
「妳們要注意自己的魔力殘餘量喔。」
身後的妮娜出聲提醒。
聞言的兩人猛然回神，連忙互相確認項圈上的數字。
「還是後退吧！」
「關上禮堂大門！」
在亞蕾克西雅和克萊兒忙著擊退亡魂之時，妮娜和艾薩克合力關上禮堂大門。
「妳們動作快！」
眼看大門即將關上，兩人趕在最後一刻衝進禮堂。
氣喘吁吁的亞蕾克西雅和克萊兒連忙確認彼此項圈上的數字。前者是一一三八，後者則是一八二五。
「這下不妙……再這樣下去，數字減少的速度會比我想得快上許多。」
「是啊。妮娜，妳還剩下多少？」
「咦……妳問小妹？這個嘛……」
不知為何，妮娜做出意圖遮掩計時器的動作。
「妳這樣我看不到喔。」
「啊，嗯。對喔。」
妮娜緩緩亮出自己的計時器。顯示在上頭的數字極為普通。

「七八四啊。比我想像的還要少。」

「照這樣看來，小妹還有兩小時左右可活嘍。艾薩克同學是……」

「我是一三六七。」

「真不愧是資優生，連魔力量也是一流。我們先確認大家的魔力殘餘量吧。」

於是，亞蕾克西雅等人分頭確認了留在禮堂裡的學生們的魔力殘餘量。

「殘餘量最少的學生落在三〇〇上下啊……」

確認完畢之後，亞蕾克西雅壓低音量開口：

「似乎是因為放學後留下來自主鍛鍊，消耗了不少魔力。如果不想辦法在一小時內做點什麼，她的性命就……」

克萊兒將視線移向臉色蒼白，不停顫抖的女學生身上。

「魔力殘餘量偏低的學生還不少呢。能在這裡死守多久也是個問題。」

外頭的亡魂正不停敲打禮堂大門。學生們紛紛將桌椅堆到門口當成屏障。

「現在該怎麼辦，亞蕾克西雅公主？」

艾薩克如此詢問亞蕾克西雅。

「就算你問我該怎麼辦……」

會被捲入這片白霧之中，完全出乎她的預料。而且她也不可能知道如何安全拆除項圈。

亞蕾克西雅的視線在空中四處游移，像是企圖找出答案。

——就在這時。

「繼續這樣下去也只是等死……」

開口的人音量並不大。

不可思議的是，這句話卻清晰到足以響徹整個禮堂。

「……我有個想法。」

一名在禮堂裡倚牆站立的男學生懶洋洋地撥起深棕色瀏海，慢慢走到亞蕾克西雅等人面前。

「你是……？」

「我叫鈴木。」

他筆直望向亞蕾克西雅。雖然眼神給人感覺不太好，但是看來是個隨處可見的平凡學生。

「……他跟我同班。」

一旁的艾薩克如此補充。

「鈴木同學啊。你說你有個想法，可以說來聽聽嗎？」

「這個嘛……」

鈴木緩緩環顧禮堂裡頭的學生開口：

「首先，我們的戰力相當有限。待在這裡的學生魔力殘餘量多半偏低，要是進行戰鬥，魔力馬上會耗盡。一如字面上的意思，這等於是燃燒生命在應戰。這會造成很大的精神壓力。所以我不認為大家能發揮全力戰鬥。」

「……也是。」

他的分析相當中肯。

面對這種分秒必爭的狀況，鈴木依舊能冷靜地分析現況。

「魔力殘餘量比較充裕的，只剩在場的各位。這代表能成為戰力的只有你們幾個人。因此，我想把禮堂裡的學生分成兩支隊伍。」

如此說道的鈴木望向正在努力打造屏障的其他學生。

「一支是防衛部隊。讓魔力殘餘量較少的學生留在禮堂裡，一邊節省魔力消耗量，一邊進行防禦。另一支則是——」

鈴木將視線移向亞蕾克西雅等人身上。

「特攻部隊——」

「——等等，你在做什麼呀！」

這時，一名女學生出聲打斷鈴木的發言。

原本繃緊神經傾聽作戰計畫的亞蕾克西雅等人，內心的緊張感也隨之消散。

「明明只是分家成員，請不要用這麼囂張的語氣對亞蕾克西雅公主說話。你應該過去那邊跟大家一起打造屏障。要是因為做了多餘的事導致本家的評價下滑，可是要你負起責任喲。」

一名有著淡紅色髮絲的美麗少女站在鈴木身後。

「呃，我記得妳是……」

「我叫克莉絲汀娜·霍普，是鈴木的遠親。」

「……她也是我的同班同學，十分優秀。」

艾薩克繼續補充。

「鈴木似乎給各位添麻煩了……他平常會更加謹言慎行的。」
語畢的克莉絲汀娜揪住鈴木的制服，準備將他拖離現場。
亞蕾克西雅出聲阻止她。
「等等，他的說法聽起來不無道理。」
克莉絲汀娜這才不太情願地放開鈴木。
「真是的。克莉絲汀娜姊姊還是老樣子。」
「竟敢用這種口氣跟身為本家成員的我說話，挺了不起的嘛。」
「現在狀況緊急，請原諒我有些逾矩的言行。」
「你到底打算做什麼？」
面對克莉絲汀娜嚴厲的視線，鈴木輕嘆一口氣。
「回歸正題吧。由魔力殘餘量較為充裕的少數菁英組成特攻部隊，突破亡魂的包圍網，破壞造成這種現象的源頭——這就是我的作戰計畫。」
「造成這種現象的源頭是指什麼？」
「頸子上的項圈會持續吸收我們的魔力。而這些被吸收的魔力究竟流向何處——妳有想過這點嗎？」
「這個——」
亞蕾克西雅集中精神，試著偵測自身的魔力流動。
於是感受到一股細微的魔力不斷從項圈釋出。

「只要循著這股魔力搜索……真虧你能夠察覺。」

「鈴木，你……」

克莉絲汀娜也露出有些吃驚的表情。

「不過是簡單的推理。只要稍微想一下，不管是誰都能得出這個結論。」

鈴木淡淡回應。

「……的確很厲害。不過，真的有辦法正確追蹤魔力流向嗎？」

艾薩克提出異議。

「細微的魔力流很容易出現紊亂。我反對鈴木同學這個計畫。畢竟他實在很難稱得上是一名優秀的學生……不，老實說，他是個劣等生。」

艾薩克對鈴木投以狐疑的眼光。

「沒錯。」

克莉絲汀娜也表示同意。

「我就實話實說吧。我認為鈴木同學不值得信任。」

艾薩克望向鈴木的視線變得銳利。

眾人的視線跟著集中在鈴木身上。

「信任啊……呵！」

鈴木輕笑一聲。

「……有什麼好笑的？」

「沒什麼。這個嘛，真要說的話……我沒想到會被最不值得信任的人說成這樣。」

「你這是什麼意思……！」

這時，克萊兒開口了。

「我贊成鈴木同學的提議。」

「克萊兒……？」

「我的右手……愈是靠近魔力匯集的方向，痛覺就愈強烈。所以我能感覺到魔力的流向。是我的話……就能正確抵達魔力匯集處。」

克萊兒的眼神相當堅定。

「克萊兒……我明白了。就照鈴木同學的作戰計畫做吧。」

亞蕾克西雅這麼表示。

「請等一下！我無法信任他。」

「沒時間了。我們不能只是一直待在這裡開作戰會議。」

「可是……」

「艾薩克同學。就算你無法接受，我們也會自己執行這個計畫。」

「小妹也贊成鈴木同學的提案呢。」

看到妮娜也舉起手，艾薩克只好妥協。

「唔……我明白了。我也贊成。」

「來決定特攻部隊的成員吧。首先是我、克萊兒，以及艾薩克同學。到這邊沒問題吧？」

克萊兒和艾薩克點頭回應亞蕾克西雅的確認。

「另外，可以的話，我希望克莉絲汀娜同學也能提供協助。」

克莉絲汀娜目前的魔力殘餘量是一一七九。

「如果是亞蕾克西雅公主的要求，我願意配合。」

「謝謝你。那就先由我們四個人——」

「小妹也一起去。」

妮娜再次舉手。

「可是妳的魔力殘餘量……」

亞蕾克西雅露出困擾的表情。

妮娜的魔力殘餘量是七八四。這是絕對稱不上充裕的數字。

「妮娜不會有問題的。雖然魔力量一般，但是她很可靠喔。」

「……我明白了。請多指教，妮娜學姊。」

「小妹會努力不要扯大家的後腿。」

「話說回來，妳的數字是不是一直維持在七八四？」

「咦？妳說什麼？」

妮娜的表情瞬間僵住。

「妳的魔力殘餘量呀。好像從剛才到現在都沒有減少？」

「有嗎？剛才是七九四，已經少了十。」

「是這樣嗎？」

「對啊。妳很健忘耶，克萊兒。」

如此說道的妮娜以指尖撫過項圈上的計時器。

結果數字又減少了一。

「啊，變成七八三了。」

「看吧，確實有在減少啊。」

「什麼啊～我還以為妳有能夠不讓魔力減少的密技。」

「怎麼可能有那種密技呢。」

妮娜看似無奈地嘆了一口氣。

「那麼，就由這五個人組成特攻部隊——」

「——我也一起去。」

鈴木這麼開口。

「怎麼可能讓你一起去呀。你的魔力殘餘量只有五四一耶。」

「我也反對。鈴木同學跟來只會礙事。」

克莉絲汀娜和艾薩克都出聲反對。

「覺得我礙事的話，拋下我不管就好。我不會要求你們救我。」

鈴木以坦然的態度回應。

「小妹也贊成。要是覺得他礙事，把他當成誘餌丟下也行。」

妮娜搶在亞蕾克西雅之前表態。

「這樣太不負責任了吧。」

克萊兒忍不住開口指責。

「他本人都說可以了。感覺他的分析能力可以派上用場。」

「——還是帶他一起去吧。」

令人意外的是，這句話出自克莉絲汀娜口中。

「要是他扯大家的後腿，我會以本家的立場負起相關責任。這樣就可以了吧？」

接著對鈴木投以嚴厲的視線。

「……我沒意見。」

後者平靜地點點頭。

以亞蕾克西雅為主向其他學生說明這個作戰計畫。

雖然部分學生強烈抗議：「你們打算丟下我們不管嗎！」但是現在沒有時間說服他們。

六個人來到禮堂後門，小心翼翼地走到外頭。由克萊兒和亞蕾克西雅迅速撂倒可能會造成阻礙的亡魂之後，眾人匆匆前進。

在眾人之中，克莉絲汀娜以不會被察覺的方式默默觀察鈴木。

身處白色濃霧中的他，即使面對不知會從何處來襲的亡魂，依舊冷靜對應。

「……太奇怪了。」

克莉絲汀娜以不會被任何人聽見的音量唸唸有詞。

她跟鈴木只不過是遠親兼同班同學，兩人的關係僅此而已，交情並不算深。

儘管如此，克莉絲汀娜還是多少了解鈴木的為人。

他應該不是能在亞蕾克西雅公主面前抬頭挺胸表達意見，或是面對實戰之時仍然能夠冷靜做出判斷的人。

簡直像是變了一個人……鈴木的轉變讓她忍不住這麼想。

然而鈴木的面容和嗓音確實與本人無異。

「……是先前隱藏了實力嗎？」

為了避免自己捲入本家和分家之爭。這個動機雖然有點牽強，不過並非完全不可能。

「……或是古文物或藥物的影響。」

克莉絲汀娜能想到的原因只有這些，但是感覺這也不是正確答案。

唯一可以確定的是鈴木真的變得不太一樣。

倘若鈴木成為可能危害本家的存在，克莉絲汀娜將會毫不猶豫地解決他。

就在她思考這些事之時——

「危險。」

有人拉住克莉絲汀娜的肩膀。

下個瞬間，亡魂的劍刃劃過眼前。

「看招！」

她連忙揮劍砍向亡魂。

後者化為細小的粒子消失。

「真不愧是克莉絲汀娜姊姊。」

「……謝謝你的提醒。」

克莉絲汀娜向鈴木道謝。要是他剛才沒有拉住自己，可能已經被砍中了。

「我只是做了分家成員應該做的事。」

鈴木淡淡回應，接著繼續趕路。克莉絲汀娜無法從他的背影看出任何蛛絲馬跡。

「往這邊。」

克萊兒循著微弱的魔力流動在校舍裡前進。她不時按住自己纏著繃帶的右手，看似有什麼在意的事。

「她的右手怎麼了嗎？」

「她是特殊體質，能敏銳察覺到魔力的流動。」

聽到艾薩克的問題，亞蕾克西雅選擇敷衍帶過。她不可能說出克萊兒被來路不明的幽靈歐薩拉附身一事。

「這就是武心祭冠軍的祕密啊。」

「我想是吧。」

「這片霧很濃，無法判斷敵人會從何處偷襲。」

「就是啊。」

「不過還請放心。亞蕾克西雅公主的人身安全，就由我來守——」

就在這時，亞蕾克西雅突然拔劍出鞘。

接著砍斷亡魂從自己腳邊伸來的手。以眼角餘光看著亡魂漸漸消失，這才收回自己的劍。

「——你剛才有說什麼嗎？」

「不……沒有。」

六人暫時保持沉默繼續前進。

「你們有聽到嗎？」

妮娜突然停下腳步發問。

「聽到什……是尖叫聲？」

亞蕾克西雅等人豎耳傾聽，然後確實聽見來自遠處的哀號。

「或許有來不及逃跑的學生。該怎麼辦？」

走在前頭的克萊兒轉身問道。

「但是我們現在沒有餘力。」

艾薩克提出建議。正如他所說的，自從離開禮堂到現在，眾人已經消耗將近兩成的魔力。

「……過去救人吧。」

沉思半晌後，亞蕾克西雅做出決定。

眾人在校舍中狂奔，發現無數的亡魂在走廊盡頭蠢動。

「亡魂……包圍了教室嗎？」

「裡面好像還有學生！」

克萊兒大喊。

「呃，外頭也有。」

映入妮娜眼中的，是無數被亂刀砍死的屍體。

還有即將在下一刻被劍刺穿的女學生。

「噫……！救、救命啊！」

——為時已晚。

在場者無一不這麼想。

然而就在此時，色澤宛如鮮血的觸手湧現，撕裂了包圍女學生的亡魂，救了她一命。

「趁現在——！」

克萊兒一聲令下，六人同時衝進那群亡魂之中。

克萊兒操控鮮紅觸手，在大批亡魂之間打出一個大洞。亞蕾克西雅以俐落的劍法陸續撂倒周遭的亡魂。艾薩克是用注入魔力的豪邁劍技打飛亡魂。

這三人是戰鬥主力。

妮娜、克莉絲汀娜和鈴木則是在主力後方以較為低調的方式應戰。

妮娜負責解決逃離克萊兒身邊的亡魂，克莉絲汀娜則是一邊戰鬥，一邊側目觀察鈴木。

至於鈴木……只是一動不動地站著。

他甚至沒有拔劍。

他只是靠著走廊牆壁旁觀戰局。這樣的模樣看起來極為不尋常。

由於五人的活躍，亡魂全被殲滅。

戰鬥結束之後，最先開口的人是克莉絲汀娜。

「要是不打算參戰，你就只是個礙事的存在。」

「我的魔力殘餘量很少，所以才會迴避沒有必要的戰鬥。就算我沒參戰，各位的能力應該也足以應付……難道妳需要我的協助嗎？」

「不需要。你就一直躲在後面發抖吧。」

「真是太可靠了。」

兩人平淡的交談至此結束。

這樣的距離感，似乎比同班同學或親戚來得更遙遠。

「妳沒事吧？有沒有受傷？」

克萊兒上前關心獲救的少女。

「我、我的手……」

女學生的表情因痛苦而扭曲。
「看來是骨折了。妳得靜養才行……」
克萊兒瞄了一眼女學生的魔力殘餘量，發現只剩不到一〇〇。
「這裡很危險，進去教室裡吧。」
如此說道的亞蕾克西雅伸手準備打開教室大門。
「請、請等一下！請幫幫我，要是回到教室裡，我會……！」
女學生激動地大喊。
這時，身後的教室大門被人拉開。
「哎呀，這不是亞蕾克西雅公主嗎？請進來裡頭吧～」
「妳是……副會長。」
眼前的是有著妖豔姿色的女學生——學生會副會長依萊莎。

「好了，這樣就不要緊嘍～」
臉上帶著溫柔微笑的依萊莎替受傷的女學生進行緊急處置。
「非、非常感謝您，依萊莎大人……」
女學生的嗓音在顫抖，這絕不是因為骨折的疼痛所致。一名身材高壯的學生雙手抱胸站在依萊莎身旁。他是依萊莎的心腹。
「原來學校裡還有這麼多人。」
亞蕾克西雅環顧室內。
除了亞蕾克西雅一行人和依萊莎等人以外，教室裡還有八名學生，以及四具遺體。
「教室裡突然湧現白色霧氣，接著還有莫名其妙的怪物襲擊我們……但我好歹也是副會長，所以就率領大家拚命戰鬥呢～」
手工打造的屏障封住教室出口。
屏障上頭沾滿鮮血，牆壁也是血跡斑斑。
亞蕾克西雅朝依萊莎的項圈計時器瞄了一眼。上頭顯示的數字是一九七一。
「妳的魔力殘餘量很多呢，副會長。」
「這都是託血脈的福。我以自己的雙親為榮～」
依萊莎說得有些得意。
「這樣呀……接下來妳打算怎麼做？目前有一批學生聚集在學校禮堂，過去那裡我想會比較安全。」
「我也想這麼做，但是要移動有些不安呢～畢竟大家的魔力殘餘量都不多。」
除了依萊莎和她的心腹以外，留在教室裡的學生，魔力殘餘量都在三〇〇以下。
「我們護送你們到半路吧。」
「這樣一來我也放心多了～」

做好相關準備後，亞蕾克西雅等人便步出教室。受傷的女學生直到最後都在發抖。

一路上是由亞蕾克西雅、克萊兒、艾薩克三人走在最前頭。
這是為了避免魔力殘餘量較少的學生繼續消耗力量。
不過亞蕾克西雅的魔力殘餘量也算不上充裕。
「剩不到一〇〇〇了……」
她不禁低語。
隨著魔力殘餘量慢慢減少，確實感受到死亡一步步逼近。
「我是一一〇〇。」
「我還有一三〇〇。覺得吃力的時候就交給我吧。」
艾薩克和克萊兒接連開口。
儘管兩人的魔力殘餘量比亞蕾克西雅多，精神同樣受到磨耗。
不過比任何人都來得煎熬的，是他們方才拯救的女學生。
「啊、啊啊……不要……」
她盯著慢慢減少的數字，整個人不停發抖。
她的魔力殘餘量是五十九。

這名女學生頂多只能再活十分鐘了。關於這一點，所有人都無能為力。

「嗚嗚……嗚嗚嗚……」

面對眼淚終於潰堤的她，眾人都想不出任何安慰的話語。

這時亞蕾克西雅感受到周遭出現多個魔力反應。

「大家小心！」

她環顧周遭，但是除了籠罩學園的濃濃白霧以外，什麼都沒有。

不對。魔力在白色霧氣裡凝聚，然後逐漸化為亡魂的模樣。她目睹了亡魂從霧氣當中誕生的過程。

「看招！」

亞蕾克西雅揮劍砍向尚未採取動作的亡魂。

然而從霧氣中誕生的亡魂數量相當多。

克莉絲汀娜、妮娜，以及後方隊列的學生們也加入戰鬥，人類和亡魂就這樣在狹窄的校舍裡展開大混戰。

「可惡，後面還有！」

「這傢伙！」

「噫！別過來啊啊啊！」

然而其中也有人完全沒參與戰鬥。

「依萊莎學姊，妳不戰鬥嗎？」

鈴木開口問道。
「要叫我依萊莎大人才對喲～現在還不是我出手的時刻。我倒想問你怎麼不參戰呢～？」
依萊莎面帶冷笑，以華麗的步伐閃躲亡魂的劍擊。
「我的魔力殘餘量比依萊莎大人來得少，所以才會覺得妳應該先挺身應戰。」
「喂。高一的，給我閉嘴。」
身為依萊莎心腹的高壯男學生惡狠狠地瞪視鈴木。他看起來也只是運用最低限度的魔力在保護依萊莎。
被依萊莎及其心腹瞪視的鈴木輕笑一聲。
「真可憐。難得傷勢治好了，但卻馬上就要死了。」
鈴木望向魔力殘餘量已經不到十的女學生開口。
她正在用受傷的那隻手和所剩不多的魔力拚命與亡魂奮戰。
「沒辦法呀～這方面我們也愛莫能助。」
女學生殘餘的魔力逐漸減少。
六、五、四……
「也不全然是如此。根據我的調查，這款項圈有個有趣的功能。」
如此說道的鈴木走向戰鬥中的女學生。
他將魔力凝聚在掌心，一把彈開亡魂朝女學生揮下的劍。
亡魂的劍「啪！」一聲變得粉碎。

「咦！」

女學生吃驚地抬頭仰望鈴木。

「啪！」的聲響再次傳來。

女學生這才發現亡魂的下顎也被擊碎。鈴木緩緩放下自己推出去的掌心。

「你剛才做了什麼～？」

依萊莎以嚴厲的聲音質問。

「只是簡單的體術，不值一提。」

鈴木稍微露出微笑，伸手觸碰女學生的項圈。

數字來到最後倒數的三、二、一……

她很明顯沒救了。

「啊、啊啊……不要，我不想死……求求你！」

她出聲苦苦哀求鈴木。

「沒事的。」

如此回應的鈴木對她的項圈注入魔力。

下個瞬間，計時器上的魔力殘餘量開始上升。五〇、一〇〇、一五〇……

「謝……謝謝你……」

魔力殘餘量停在二五一。

女學生放心地吐出一口氣。

「鈴木……你做了什麼？」

戰鬥告一段落的克莉絲汀娜提出問題。

此刻大部分的亡魂都已經被消滅，克萊兒揮劍砍倒最後一個亡魂。

看著眼前的戰鬥結束，鈴木開始娓娓道來。

「我剛才在教室裡調查了不幸犧牲的學生的項圈。我試著對項圈注入魔力，結果發現魔力會儲存在裡頭。因此我猜測……」

眾人專心聆聽鈴木的發言。

「這個項圈具備接收魔力的功能。它能接收從外界注入的魔力，再作為己用——也就是說，只要把魔力分配給魔力殘餘量較少的學生，就能把爆炸的時限延後。」

「真虧你能發現這一點……」

亞蕾克西雅語帶佩服地開口。

「這樣一來，或許能夠減少犧牲者。」

克萊兒接著說道。

「在我們之中魔力殘餘量最多的學生……是依萊莎大人。妳應該願意提供協助吧？」

鈴木帶著微笑發問。

依萊莎也回以微笑。

「等抵達禮堂之後，我會積極考慮的～」

「那真是太好了。話說回來……調查教室裡的學生屍體時，有一件事讓我很在意。」

「讓你很在意的事……？」
「那些屍體的手腳都有遭到綑綁的痕跡。」
「……會不會是你看錯了？」
依萊莎的眼神瞬間有些動搖。
「還有一點很不可思議。所有人的項圈都爆炸了。」
「這又如何？如果是魔力耗盡，項圈理所當然會爆炸。」
「是的。不過試著想像一下，就會覺得這樣的狀況很不可思議。他們是在手腳被綁住的狀態下，因為項圈爆炸而喪命。究竟發生了什麼事？」
「……你想說什麼～？」
「說不定是有人像我這樣進行魔力流動的實驗，只是將實驗對象換成活人。將魔力注入對方體內、逼迫對方使用魔力、調查項圈啟動的條件、嘗試卸除項圈等等……然後讓我如此斷言的關鍵是她。」
鈴木指著撿回一條命的女學生開口。
「接收我的魔力時，她對我說了『謝謝』。這很奇怪吧？一般情況下，她不可能知道『可以接收他人的魔力來延命』一事，所以應該會感到驚訝……但是妳確實明白這樣的機制，對吧？」
女學生臉色蒼白不停發抖。
「我、我……」
「妳知情吧？」

「……對不起。因為依萊莎大人是高階貴族，我無法忤逆她……她把不願服從的學生綁起來，嘗試強硬拆下他們的項圈，或是讓他們把魔力消耗到一點不剩……在這樣的過程中，我才知道項圈可以接收他人的魔力。」

「只有依萊莎大人還有很多魔力這點，一直讓我很納悶呢。其他學生的魔力殘餘量明明都不到三〇〇。彷彿是刻意經過調節。」

「……大家都把魔力分給了依萊莎大人。但是我的魔力量很低，無法再分給她，結果就被趕到走廊上……」

說到這裡，女學生哭了出來。

「如果她說的都是事實，這件事非同小可。」

亞蕾克西雅怒目瞪視依萊莎。

「所以……妳打算怎麼辦呢～？」

依萊莎一邊嘆氣一邊說道。

「妳承認自己的罪行了？」

「罪行？我是以副會長的身分在幫助其他學生。當時根本不知道企圖強行拆下項圈，或是魔力耗盡時項圈就會爆炸呀～」

「真虧妳說得出這種話……！那麼關於奪取其他學生的魔力一事，妳又要怎麼說明？」

「那不是奪取，只是大家先把魔力交給我保管～我打算之後再公平分配給每個人喲～」

「妳以為這種藉口說得通嗎？」

「平常都說得通的～不愧是亞蕾克西雅大人，實在不好應付呢。對了，我們來交易吧？」

「妳說交易？」

「我的魔力還有一九〇〇。如果妳願意睜一隻眼閉一隻眼，我可以把魔力分給妳喲。」

亞蕾克西雅不禁輕輕咂嘴。

方才的戰鬥，再次消耗了所有學生的魔力。如果得到依萊莎的魔力，或許就能拯救大家。

然而如果承諾這場交易，等於是要亞蕾克西雅包庇依萊莎的罪行。

即使是她這種身分地位，也很難背棄與高階貴族之間的約定。

「……妳真的願意把魔力分給我？」

「是的，那當然。如果開出好一點的條件，我甚至可以多分一些魔力給妳喲。」

依萊莎露出游刃有餘的笑容。

她很清楚亞蕾克西雅無法拒絕。

亞蕾克西雅環顧周遭的學生。每個人臉上都寫滿了焦躁和疲憊。在這個瞬間，他們剩下的生命仍在持續減少。

若想幫助他們，就只能接受這場交易。

「我明白了。我答應……」

就在亞蕾克西雅話說到一半之時——

「看來妳還不了解現況呢。」

鈴木開口打斷她。

他就站在依萊莎身後。
「這——你是什麼時候~！」
「——不准動。」
依萊莎及其心腹連忙想要轉身，卻被鈴木以低沉的嗓音嚇阻。
他的手抵住依萊莎的頸子……不對，是她的項圈。
「依萊莎大人。要是我現在扯下這個項圈，妳應該知道會發生什麼事吧？」
「唔……你有何居心？對我做出這種事，你知道會有什麼下場嗎~！」
依萊莎以驚人的氣勢怒吼。
「快住手，鈴木。霍普家現在還不希望與她為敵。」
克莉絲汀娜出聲勸阻。
「真是的，這裡好像沒有半個人能理解現況。」
鈴木刻意以大家都聽得到的音量大聲嘆氣。
「你這是什麼意思……！」
「依萊莎大人，一直守護妳的那些東西，此刻都不在這裡。高階貴族的名聲、派閥的權力，以及萬貫家財，都無法在這片白霧中派上用場。」
「我可是依萊莎喔~是代表米德加王國的——」
「那又如何？這樣的身分地位，能夠守護當下的妳嗎？要是我在這片白霧中殺了妳，其他人會提供什麼樣的證詞？被妳奪走魔力的那些人，會願意挺身替妳辯解嗎？」

依萊莎惡狠狠地瞪視周遭的學生。
但是沒有一名學生願意迎上她的視線。
「現在妳明白自己身處的立場了嗎……？」
鈴木在依萊莎的耳畔低語。
同時對著她的項圈施加力道。
「唔……我知道了，我會道歉啦～」
依萊莎低聲開口。
「不用道歉，請妳把魔力分給其他學生就好。」
「……當然嘍～」
儘管嘴巴這麼說，依萊莎的雙眼卻充滿恨意，視線銳利到幾乎能夠殺人。
「亞蕾克西雅公主，目前事態緊急，依萊莎大人的處置就等一切結束之後再交由法庭判斷吧。當然，有必要的話，我願意一併接受裁罰。」
「沒關係嗎？恐嚇高階貴族的罪行，關於你的處罰恐怕不輕喔。」
「我已經做好覺悟了。」
「這樣啊……霍普家有什麼看法？」
亞蕾克西雅望著克莉絲汀娜問道。
「可以的話，希望亞蕾克西雅大人能在法庭上為鈴木作證。鈴木採取的行動情有可原，我想判決結果應該不至於太糟。」

克莉絲汀娜以平靜的語氣回應。

「非常感謝。」

鈴木輕輕低頭致意。

「用不著道謝……我也有我的想法。」

克莉絲汀娜有如鬧彆扭一般別過臉去。

於是依萊莎開始分配魔力。

她將一五〇〇的魔力分配給其他魔力殘餘量較少的學生，自己只留下四〇〇的魔力。

「妳應該很清楚，但我還是提醒一下，禁止妳再奪取其他人的魔力。」

「趕快到禮堂去吧。要是再被亡魂襲擊，我可吃不消喲～」

分配完魔力之後，眾人分成兩支隊伍行動。

依萊莎和其他學生們前往禮堂，亞蕾克西雅等人的特攻部隊則是繼續尋找魔力匯集處。

「你給我記住……！」

離去之前，依萊莎惡狠狠地瞪著鈴木開口。

然而鈴木只是朝依萊莎瞥了一眼，便走過她的身旁。彷彿她只是路邊的小石子。

「一切都是幻覺……是僅限於白色霧氣之中的作為……」

背對依萊莎走遠的他，拋下這麼一句含意深遠的話。

亞蕾克西雅等人走出校舍，繼續追蹤項圈魔力的流向。
經過剛才的混戰，亡魂的攻擊趨緩許多，只發生過零星的幾場戰鬥而已。
「他究竟是何方神聖……？」
亞蕾克西雅來到克莉絲汀娜身旁，壓低音量詢問。
「他是霍普家的遠親。原本應該沒有值得一提的才能，但是……」
克莉絲汀娜將視線移向走在隊伍最後方的鈴木身上。
「肯定不是泛泛之輩。敢與高階貴族正面交鋒的膽量，可不是能輕易培養的東西。」
「剛才的戰鬥中，他也施展了我不曾見識的體術。或許至今一直隱藏實力。」
「是有什麼理由嗎……」
「我也不清楚。不過今後我打算將他交由本家管理。」
「這麼做比較妥當吧……」
放任這樣的人我行我素地過日子，實在太浪費了。同時也很危險。
「我覺得還是小心為上。他知道得未免太過詳盡，簡直像是變了一個人。」
不知何時跟兩人並肩同行的艾薩克開口。
「這是什麼意思？」
「關於項圈的機制。雖然他說是自己研究的，但就待在教室裡的那段短短時間，我不認為足以弄清楚這些事。發現項圈魔力外流一事的人也是他。說不定他打從一開始就明白這一切。這麼想一切就說得通了。」

如此說道的艾薩克犀利地瞇起雙眼。

「能夠冷靜觀察現況，以及在白霧湧現之後彷彿變了一個人……都是因為他是內奸。」

「……你有證據嗎？」

「我還沒發現關鍵性的證據。不過我一定會想辦法找到的。亞蕾克西雅公主，也請您多加小心。」

語畢的艾薩克加快腳步。

他這番話確實也有道理。

在白霧籠罩學園之後，鈴木的言行舉止突然出現一百八十度的轉變。倘若他是教團的一員，這樣的變化便不難理解。

如果真是這樣，一行人現在即在他的誘導之下。

「……膚淺的男人。」

克莉絲汀娜輕聲低語。

她的視線落在走在前方的艾薩克身上。

「膚淺？」

「不，沒什麼。」

聽到亞蕾克西雅發出疑問，克莉絲汀娜只是搖搖頭。

「……感覺魔力一直流向這裡。」

克萊兒在位於學園一角的古老小教會外頭停下腳步。
「這種地方竟然有教會。」
「以前沒有呢。」
妮娜回應亞蕾克西雅的疑問。
「什麼意思？」
「就是字面上的意思，這個地方以前沒有教會。至少在籠罩學園的白霧出現之前沒有。」
如此說道的妮娜打開教會大門走進去。
教會裡是一片彷彿被人們遺忘已久的靜謐。椅子上也積了厚厚一層灰。
亞蕾克西雅提高警戒，朝最深處那個看似台座的地方前進。
「在這底下。」
克萊兒這麼表示。可以感受到台座下方隱約有風吹出來。
「哼！」
克萊兒毫不猶豫地踢向台座，但是只響起沉重的碰撞聲，台座聞風不動。
「好痛——！這東西是怎樣！」
「魔力屏障……八成是古文物吧。想移動它就必須透過鑰匙。」
妮娜摸著台座說道。
「什麼鑰匙？那個鑰匙在哪裡？」
「這點小妹也不清楚。要是在附近就好了……」

「我們分頭找吧。」

眾人一起在附近搜索片刻，但是遲遲沒能找到足以成為線索的東西。

「不行。這邊什麼都沒有。」

亞蕾克西雅如此說道。

「我這邊也是。這裡真的會有線索嗎？」

艾薩克的嗓音帶著不滿。

「沒時間了。要是不快一點……」

亞蕾克西雅的魔力殘餘量來到五〇〇。雖說一路上經歷了戰鬥，但是魔力消耗的速度遠超過她的想像。

留在禮堂裡的學生，魔力殘餘量想必也在慢慢變少吧。

「解讀古文物感覺很困難。小妹可不是這方面的專家啊～」

妮娜也跟著開口。

「我這邊也沒找到線索。」

克莉絲汀娜跟鈴木似乎也毫無收穫。

令人窒息的沉默降臨。

眾人束手無策，只能默默盯著台座。

這時，一聲輕微的「咚！」傳來。是克萊兒用右手搥打台座發出的聲響。

「沒用的，克萊兒。」

亞蕾克西雅開口制止她。

但是克萊兒再次揮下右拳。比剛才更沉重的撞擊聲傳來。

「拜託妳……把力量借給我。我還有必須做的事。我的人生不能在這種地方結束……！」

克萊兒接著鬆開右手的繃帶。看到烙印在右手手背的魔法陣，艾薩克和克莉絲汀娜不由得屏住氣息。

「那是……！」

「拜託妳，歐蘿拉，把力量借給我。妳從剛才就不發一語，但我知道妳一定有什麼辦法。」

克萊兒只是向自己的右手喊話。

「她在做什麼？」

「她在跟誰說話？」

「噓！你們先安靜。」

亞蕾克西雅示意兩人閉上嘴巴。

「拜託……拜託妳，歐蘿拉……回應我……回應我的要求啊！」

就在這時，克萊兒手上的魔法陣開始發光。

光芒染紅她的周遭，台座表面也浮現無數古代文字。

「這、這是……這股力量到底——」

艾薩克顯得十分吃驚。

「打開，快打開啊啊啊啊啊啊啊啊啊啊啊啊！」

紅色魔力籠罩整個台座，然後迸裂。

下一刻——整個台座消失無蹤。台座所在處的下方，出現一道通往地底的階梯。

「好厲害……」

克莉絲汀娜茫然低語。克萊兒方才釋放出來的魔力，強大到超出常人的理解範圍。

「妳回應我了，歐蘿拉……咕……！右手好痛……這就是力量的代價……！」

克萊兒大口喘氣，一臉痛苦地按住自己的右手。

「妳還好嗎，克萊兒？」

亞蕾克西雅趕過去攙扶她的肩膀。

「我沒事。我們……趕快前進吧。沒時間了。」

克萊兒勉強調整呼吸，表現出堅強積極的態度。

「走吧——為了拯救大家。」

克萊兒走到最前頭，率領一行人沿著階梯往下走。

那是一道非常、非常長的階梯。

在黑暗和濃霧雙重包圍的狀態下，前方和後方幾乎伸手不見五指。眾人沉默不語，只有持續不斷的腳步聲迴盪。

抵達階梯盡頭時，亞蕾克西雅的魔力殘餘量已經從五〇〇掉到四五〇。

「好大一扇門。」

一扇巨大的門出現在昏暗地底深處。

所有人一起用力推開這扇門，然後繼續前進。

大門後方是一片較為開闊的空間。兩旁有著並排的半毀牢房，但是裡頭空無一人。

「這裡是……地牢？」

亞蕾克西雅一行人提高警戒前進。過了片刻，後方傳來類似重物移動的聲響。

「什麼聲音……？」

亞蕾克西雅不解地輕喃。

地底一片漆黑，看不見後方發生了什麼事。亞蕾克西雅突然覺得自己似乎遺忘了什麼重要的事，忍不住轉過身去。

「教會地底……走下長長的階梯後，會看見祕密房間……入口大門會自動關上。」

她想起圖書管理主任曾經說過的話。他所說的狀況和現在極為相似。

「——唔！往回走，這是陷阱！」

亞蕾克西雅連忙掉頭狂奔。然而伴隨一聲巨響，入口大門自動關上了。

同時天花板上的小洞開始噴出某種氣體。甜膩香氣瀰漫在地牢裡。

「停止呼吸！」

然而為時已晚。

特攻部隊的成員一個接一個昏迷倒地。最後只剩下她還站著。

「我不能、不能在這種地方……」

在逐漸模糊的意識之中，亞蕾克西雅看見一名戴著防毒面具的少年。

「真是的，沒想到您竟然能夠深入到這種地步呢，亞蕾克西雅公主。」
「難道你……」
「正是如此，我就是內奸。」
戴著防毒面具的艾薩克以低沉的嗓音笑道。亞蕾克西雅雖然把手伸向愛劍，卻在下一刻徹底失去意識。

# 終章

為了獲得它，要我毀滅世界也在所不惜！

The Eminence in Shadow
Volume Five
Epilogue

The Eminence in Shadow

EPILOGUE

「嗚嗚……」

克莉絲汀娜從深沉的睡眠之中醒來。

她感覺身體沉重不已，意識也很朦朧。最後的記憶停留在抵達地牢的階段。

「這裡是……」

她的手腳都被固定在牆上。

克莉絲汀娜試著掙脫，但是使不上力氣。她的魔力似乎遭到封印。

「哎呀，看樣子醒來了。不愧是克莉絲汀娜。」

她朝著人聲傳來的方向望去。對方是艾薩克。

「我……為什麼被綁在這裡？」

克莉絲汀娜開口問道。

「是我綁的。」

「這樣啊。」

「妳看起來不太驚訝呢。」

「因為我原本就覺得你很膚淺。這種人背地裡多半隱瞞著什麼。」

「真是值得參考。」
「其他人呢？」
「亞蕾克西雅公主和克萊兒小姐被帶往吾主身邊了。」
「吾主？」
「是的，吾主。」
艾薩克只是如此重複，看起來沒有要多做說明的意思。
「鈴木同學睡在那裡喔。」
艾薩克指著跟克莉絲汀娜有一段距離的牆壁說道。
鈴木似乎同樣被固定在那邊的牆上。
「鈴木……」
克莉絲汀娜不禁鬆了一口氣。
「遺憾的是他有可能不會再睜開眼睛了。」
「這、這是什麼意思？」
「讓你們昏睡的那種氣體，對於魔力較低的人而言，可說是種劇毒。吸入之後陷入不會醒來的長眠也不奇怪。」
「鈴木……」
「這樣真不像妳呢，克莉絲汀娜同學。他不過是分家的低階貴族吧？沒有必要為他感到悲傷才是。」

「話是這麼說沒錯……」
經艾薩克這麼一說，克莉絲汀娜才發現自己動搖了。
如同他所言，鈴木只是來自分家的低階貴族。對於貴為公爵千金的克莉絲汀娜來說，能取代鈴木的人應該多得是。
「我原本以為他的能力可以成為霍普家的助力……如此而已。」
「這樣啊。不過鈴木同學是生是死都無所謂。」
「你說無所謂……？」
克莉絲汀娜怒目瞪視艾薩克。
「是的，無所謂。我只要完成自己的工作就好……」
「妳的肉體擁有優秀的潛能。之後會由我們的組織接收，進行妥善運用。」
「你打算做什麼？」
「你說什麼組織？傳說中的闇影庭園嗎？」
「闇影庭園？不要把我們跟那種沒有歷史可言的組織混為一談。我們可是從遙遠的過去便支配世界……算了，跟妳說這些也沒有意義。反正妳即將會成為沒有靈魂的人偶。」
如此說道的艾薩克掏出一支裝有紅色液體的針筒。
「我得快點完成這份工作。要是拖拖拉拉，可就趕不上值得紀念的右手復活的瞬間。如果是妳，應該能成為第二級的具名之子吧。遺憾的是鈴木同學連第三級都不配。」
艾薩克冷笑開口，然後將針筒對準克莉絲汀娜的手臂。

「住手……！對了，妮娜學姊人在哪裡？」
「……那個女人消失了。」
艾薩克皺起眉頭。
「消失了？」
「我明明讓所有人都睡著了才對，但她卻在不知何時消失無蹤。雖然她也不可能活著離開聖域。真是的，之後又得寫檢討報告……」
艾薩克邊說邊將針筒的活塞柄往下推。
「不要——！」
「說再見的時候到了——」
這時，視野的角落有什麼東西動了一下。
「好吵啊……難得我睡得這麼舒服。」
這是理應還在昏睡的鈴木的聲音。
「鈴、鈴木……！」
「啥——你醒了嗎！」
「看就知道了吧。有這麼驚訝嗎？」
懶洋洋地打呵欠的鈴木如此回應。
「無、無妨。就算你醒過來，結果也不會改變。就先解決礙眼的傢伙吧。」
艾薩克拿起針筒，朝固定在牆上的鈴木走去。

「解決？」

「哼。看我把你變成一具行屍走肉。」

針筒的針刺進鈴木的頸子。

「你想要解決我啊──」

鈴木的嘴角揚起笑意。

「──這恐怕不可能喔。」

下個瞬間，艾薩克的身子傾斜，裝有紅色液體的針筒也跟著掉落地面。

「啥……！咳……咳咳！」

鈴木的右手擊中艾薩克的腹部。

──是掌底擊。

艾薩克的腹部吃了一記強力的掌底擊。

「怎麼可能……！你為什麼能掙脫束縛……你的魔力應該被封印住了！」

艾薩克捧著腹部後退幾步。鮮血從他的唇齒之間溢出。

「很簡單。讓關節脫臼就好。」

鈴木的左手隨著話語掙脫了束縛。他以人類不可能做到的動作讓自己的關節變形，待掙脫束縛之後又宛如時光倒轉一般恢復原貌。

接著如法炮製，雙腳也就此脫離枷鎖。

「怎麼會……！」

「好啦，怎麼？你不是要解決我嗎？」
「唔……別小看人了。」
艾薩克的雙眼充滿怒意。
「區區劣等生竟然捉弄我……！」
他拔劍擺出備戰架勢。
鈴木也將手伸向腰間的劍，然後在下一刻偏頭表示不解。
「我的劍呢……？」
他的腰上只有劍鞘。
「真是可惜啊。你的武器我處理掉了。」
「是喔。」
鈴木從懷裡掏出一支鋼筆，打開筆蓋，將筆尖對準艾薩克。
「既然如此……用這個就夠了。」
「用、用鋼筆對付我……少開玩笑了！」
艾薩克的魔力迸裂。
瞬間逼近鈴木的他揮劍橫砍。從劍刃的軌道看來，這一擊足以將鈴木攔腰砍成兩半。
如果沒有被鋼筆擋下的話。
鈴木以鋼筆前端擋下艾薩克的劍。
隨著一道類似玻璃碎裂的清脆聲響，艾薩克的劍化成碎片。

鈴木順勢刺出手中的鋼筆。

「啥——咳呼！」

尖銳的鋼筆前端刺進艾薩克體內。

艾薩克一步、兩步緩緩後退。

一臉難以置信的表情，碰觸刺在頸子上的那支鋼筆。

「咳咳……鋼筆……怎麼可能……」

滴答。

鮮紅墨汁沿著鋼筆滴落。

「要是你不把筆還我，我可就傷腦筋了。少了它我沒辦法寫日記。」

鈴木伸手握住插進艾薩克頸部的鋼筆。

「等……住手！住手啊啊啊啊！」

拔出鋼筆的同時，大量鮮血也從傷口飛濺而出。

鮮血墨汁染紅了整片地板。

「啊……呃……」

艾薩克茫然地跪坐在地。

抬頭仰望鈴木，驚訝地瞪大雙眼。

他的視線落在鈴木的項圈上。上頭顯示的魔力殘餘量是個令人懷疑自己雙眼的數字。

「你的魔力……怎麼回事……咳咳！」

艾薩克一面吐血一面倒下。

「我……竟然……在這種地方……咳咳……啊啊……」

鮮血不斷從頸部的傷口湧出，艾薩克的呼吸也愈來愈微弱，終至停止。

鈴木無趣地看著染血的鋼筆低語：

「好髒啊。還是不要了。」

隨手將它扔在艾薩克的遺體上。

接著轉身走向克莉絲汀娜。

遭到眼神冰冷的鈴木俯瞰，克莉絲汀娜有些不知所措。

「啊……那個……」

不知為何心臟跳得很快。因為不知道該說些什麼，只能愣愣地仰望眼前的鈴木。

「妳沒事真是太好了。」

鈴木替克莉絲汀娜解開手腳的束縛。

「謝、謝謝你，鈴木……」

她以有如蚊鳴的細微音量道謝。

「我只是做了應該做的事。好了，趕快離開這裡吧。我很擔心其他學生。」

「那、那個，等一下，鈴木！」

克莉絲汀娜喚住正準備踏出腳步的鈴木。

「那個……我好像一直誤會你了。我以為你是沒有可取之處的劣等生……不過，其實不是這麼一回事呢。」

克莉絲汀娜羞愧地低下頭。

「如果你不嫌棄的話，等到這次的事件結束，本家——」

「——克莉絲汀娜姊姊並沒有誤會。鈴木確實是個劣等生。」

鈴木背對著克莉絲汀娜回應。

「咦……可是，你……」

「妳沒有誤會。從頭到尾都沒有。」

克莉絲汀娜從來不曾聽過他以如此冷酷的語氣開口。

「啊……我是不是說了什麼讓你不愉快的話……」

「不，沒有。只是……妳還是不要跟我扯上關係比較好。在我前方的是一條鮮血淋漓的道路……我這種人無法生存在燦爛陽光照亮的世界。」

鈴木遲遲沒有回頭。彷彿是拒絕整個世界，背對著克莉絲汀娜說出這些話。

「你究竟背負著什麼……？」

「我有我的使命。即使必須背負全世界的罪惡，也必須達成的使命……要是和我有所牽扯，妳恐怕也會因此受傷，染上鮮血的顏色吧。」

鈴木終於轉過頭來。

看見那個雙眼的瞬間，克莉絲汀娜不禁屏息。那是有如彈珠一般無機質的眸子，看起來彷彿已經失去所有感情。

不過，事實並非如此。

在那雙彈珠眼眸的最深處，有著宛如漆黑烈焰的情感在不停打轉。

鈴木緩緩將手伸向克莉絲汀娜的粉頸。

抬起克莉絲汀娜小巧的下巴，鈴木的臉愈來愈近。

「鈴木……」

克莉絲汀娜嘆息似的發出輕喚。

被他的深邃眼眸所蠱惑，就這樣閉上眼睛。

下一刻，「啪嘰！」的清脆聲響傳來。

「咦……」

克莉絲汀娜睜開眼，發現頸子上的項圈消失了。

「啊……項圈……你是怎麼……」

鈴木沒有回答她的問題。曾幾何時，他的脖子上也沒了項圈的蹤影。

「沒時間了，我們快走吧。」

鈴木轉身踏出步伐。背影看起來是那麼孤獨。

「等……等一下，鈴木！」

不想被拋下的克莉絲汀娜連忙跟上他的腳步。

『妳差不多該起來了。現在的情況不太理想。』

在腦中響起的這個嗓音，讓克萊兒睜開雙眼。

「這裡是……」

四周瀰漫著白霧，她被綁在一個看似診察床的詭異裝置上。

一旁的亞蕾克西雅也被綁在相同的裝置上。

「亞蕾克西雅，妳沒事吧？快醒醒！」

「嗚……這裡是……？」

被喚醒之後，亞蕾克西雅跟克萊兒一起環顧四周，忍不住屏息。

「這……！」

「這是什麼……！」

眼前有四個圓柱狀的大型密閉容器，裡頭裝著紅色的液體，以及載浮載沉的人體。

「難道這些人就是先前失蹤的學生……」

「錯不了的。他們是被列在失蹤者名單上的學生。」

「為什麼要做這種事……」

「教團吸收了他們的魔力。為了讓魔人迪亞布羅斯復活……趕快離開這裡吧。我們可能也會有同樣的下場。」

亞蕾克西雅試著解開束縛，但是絲毫不為所動。克萊兒嘗試過後也得到相同的結果。

「這個裝置好像會封印魔力。」

「……艾薩克那傢伙，竟然做出這種事……」

亞蕾克西雅說得很不屑。

這時圓柱狀的密閉容器開始動作。伴著沉重的運轉聲，兩個密閉容器的紅色液體被抽乾。

「怎、怎麼了？」

「我也不知道……」

這時，一個人聲從後方傳來。

「妳們醒啦。真巧，容器剛好也要準備完畢……大概還剩下一成吧。」

一名有著銀白髮色的少年現身。

彷彿從童話世界裡走出來的美麗身影，讓亞蕾克西雅和克萊兒半晌說不出話來。

「你是……？」

「我是圓桌騎士第五席芬里爾。」

「你……你就是芬里爾？」

自稱芬里爾的這名少年，看起來年紀跟亞蕾克西雅等人差不多，甚至比她們更年幼。

「在長生不老的眷顧下，外表的年齡沒有任何意義。」

芬里爾一邊開口，一邊來到抽乾紅色液體的兩個容器前。

「你想做什麼？」

「為了讓迪亞布羅斯的右手復活，我要妳們進入這個容器。我原本只打算透過項圈吸收魔力，既然妳們主動送上門，那麼來得正巧。省了我不少力氣呢。」

芬里爾冷笑開口。

「學園現在亂成一片。你以為自己能全身而退嗎？」

克萊兒如此說道。

「誰會制裁我們？騎士團嗎？還是妳們？」

「這、這個……」

「我們是位居舞台後方的人。是站在舞台上的人絕對無法觸及的存在。」

「還有闇影庭園……」

聽到亞蕾克西雅輕聲低語，芬里爾瞬間停下動作。

「妳的意思是闇影庭園會制裁我們嗎……喀喀。」

芬里爾輕笑出聲。

「有什麼好笑的！」

「沒想到貴為一國公主的妳，竟然得仰賴來路不明的組織。我覺得有些可憐呢……」

「唔……！」

亞蕾克西雅頓時羞紅了臉，只能聽見咬牙切齒的聲響。

「話說回來，闇影庭園真的會制裁我們嗎？關於闇影庭園這個組織究竟是什麼樣的存在，妳們根本一無所知吧。」
芬里爾邊說邊將容器裡的學生軀體拖出來扔在一旁。
「他們跟我們同樣身處舞台後方，所以不是什麼會制裁我們的存在。就算我們其中一方敗下陣來，獲勝的另一方也會重新支配舞台後方的世界。只是這樣罷了。」
芬里爾轉過身來。他的眼眸透出血紅色澤。
「好，準備工作完成。復活的時刻到了——」
首先朝克萊兒的方向走去。
「克萊兒．卡蓋諾。我有收到妳會驅使神祕力量的報告。」
芬里爾走到診察床旁，伸手抬起克萊兒的下巴。
「唔……放開我！」
「血脈確實比較濃，但還不到異常的程度。算了，只要調查一下就能知道。」
如此說道的他將裝有紅色液體的針筒抵上克萊兒的頸子。
克萊兒拚命搖頭抵抗，但是芬里爾的力氣很大。
「沒用的。」
針筒的針刺進她的頸子。
就在這時——
『真是的，到底想讓我等多久呀。』
歐蘿拉的嗓音在克萊兒腦中浮現，高密度的魔力接著從她的體內湧出。

針筒隨之碎裂，綁住克萊兒的束縛也被彈開。

「啥——這股魔力是？」

芬里爾見狀便拉開距離。

『我先借妳一點力量吧。』

「謝謝妳，歐蘿拉。」

開口道謝的克萊兒揮劍砍斷亞蕾克西雅的束縛。

「幹得好，克萊兒。」

亞蕾克西雅也跟著拔劍出鞘。

「歐蘿拉……妳剛才說了這個名字吧，克萊兒．卡蓋諾？」

芬里爾筆直望著克萊兒發問。

「我是說了。你認識歐蘿拉嗎？」

「喀喀……原來如此。我來確認一下究竟是不是本尊吧。血牙……回應吾等的呼喚。」

芬里爾從空中抽出一把劍。

那把劍長度超過他的身高，劍刃泛著彷彿混濁血液的暗紅色。

「血牙……過去人稱『世上最強』的劍士的魔劍。難道真的是他……」

亞蕾克西雅喃喃自語。那把魔劍散發讓她背脊發冷的巨大壓力。

『小心點，克萊兒。』

「我明白。妳不能一起戰鬥嗎，歐蘿拉？」

『妳殘餘的魔力不多了吧。要是我占用妳的肉體，只會流失更多魔力。而且妳差不多該學習運用這股力量的方法了。』

「……也是。」

克萊兒試著凝聚體內的魔力。慢慢能夠掌握兩股截然不同的力量相互融合的感覺。

下個瞬間，她一鼓作氣逼近芬里爾。

但是芬里爾輕而易舉地接下這一劍。

「就這點程度啊……什麼？」

鮮紅觸手纏繞在血牙上。從克萊兒右手蔓延出來的觸手，依照她的指示封住血牙的動作。

「只要有這股力量——！」

「別小看我。」

芬里爾揮動血牙。光是這個動作，鮮紅觸手便遭到彈開。

克萊兒展開下一波攻擊。

先是衝進血牙的攻擊範圍，在閃避劍刃的同時，砍向芬里爾的身體。

一個「鏗！」的鈍重聲響傳來。

芬里爾以血牙的劍柄擋下克萊兒的劍。

「什……用劍柄？」

「確實是足以拿下武心祭冠軍的水準……不過，終究是稚子之劍。」

芬里爾翻轉血牙將克萊兒的劍格開，再從下方以劍柄襲擊她的下頷。

「嗚咕！」

克萊兒感受到的衝擊並不強。因為她在千鈞一髮之際往後方跳，緩和了這一擊的威力。

不過口腔依然因此被牙齒劃破，鮮血沾染了她的唇瓣。面對來不及重新擺出備戰架勢的克萊兒，芬里爾乘勝追擊。

但在下個瞬間，芬里爾止住動作。

不知為何，一把劍刺進他的左肩。

「不錯嘛。要是我沒停下來，心臟大概會被刺穿吧。」

那是亞蕾克西雅的劍。

「我知道妳在等我露出破綻。不過，妳是什麼時候……」

「哈！」

芬里爾收回血牙，往後退了一步。儘管汩汩鮮血從左肩流淌，他看起來卻毫不在意。

芬里爾犀利地吐出一口氣，然後揮下血牙。這一劍不但俐落，同時夾帶驚人的威力。

亞蕾克西雅舉劍企圖擋下。但是她的動作不夠快，注入劍身的魔力也不夠多。

她不可能擋下這記攻擊。

在愛劍即將遭到血牙粉碎的前一刻，亞蕾克西雅後退半步，改變劍刃的角度帶過衝擊。

「哦～」

接著開始反擊。

她以最小的動作、最少的魔力，將劍尖刺向芬里爾的要害。

後者完全來不及擺出防禦架勢。

揮下血牙的他，看起來彷彿只能眼睜睜讓亞蕾克西雅的劍貫穿自己。

然而，芬里爾以踏在前方的腳朝地面一蹬。

在一陣劇烈震動後，地板應聲裂開，讓他以一般人無法做到的動作重整姿態。

亞蕾克西雅的劍輕輕劃過芬里爾的臉頰，刺向空中。

芬里爾與她拉開一段距離。

「凡人之劍……這就是被拿來跟愛麗絲公主比較，然後受人輕視的劍技嗎……」

「凡人也挺有兩下子吧。」

「很期待妳一百年後的成長呢。劍技是需要逐漸積累的東西。不過也正因為這樣，程度才會天差地遠……」

如此說道的芬里爾閉上雙眼。

「我就稍微認真一點吧……」

現場的氣氛變了。

無窮無盡的魔力從他的體內湧出。

同時髮絲變得灰白，臉上多了深深的皺紋，手腳也變得又細又乾枯。

接著緩緩睜開眼。

原本稚嫩的少年，化為一名枯瘦的老人。

「這才是你真正的姿態嗎……」

現在的他看起來是個弱不禁風的老人。彷彿輕輕推一下就會跌倒。
然而亞蕾克西雅和克萊兒完全不敢輕忽。不同於外貌，芬里爾散發的氣勢強大得駭人。
冷汗從臉頰滑落。
『我想起來了……米德加的惡鬼。』
「米德加的惡鬼？」
克萊兒聽見歐蘿拉的輕喃。
『在遙遠的過去，米德加地區有過一名讓人畏懼不已的隨機殺人狂。為了提升自己的力量，他貪得無厭地持續殺人。現在的他應該早已老去……』
「竟然有人知道這個名號啊。是歐蘿拉嗎？」
芬里爾以沙啞嗓音問道。
「災厄魔女……果然是本尊。妳打算附身在那個小姑娘身上嗎？」
「歐蘿拉，這是怎麼一回事？」
『專心應戰。像這樣引誘敵人大意，是他慣用的手法。』
「可是——！」
「克萊兒！」
「咦？」
芬里爾的血牙伸長。
有如鞭子那樣又長又柔軟的刀刃襲向克萊兒的頸子。

她茫然眺望死亡逼近的光景。

但在下個瞬間，她的雙眼變成紫色。超過一百條的觸手竄出打飛血牙，順勢襲向芬里爾。

「喀喀……就是這個。就是這股力量。」

面對宛如雨下的大量鮮紅觸手，芬里爾以行雲流水的流暢動作迴避。

觸手數度掠過他的身體，他的衣服因此變得破破爛爛。

然而觸手不但完全無法傷及芬里爾的身體，還在下一刻突然全數消散。

「唔……魔力……」

紫色雙眸的克萊兒氣喘吁吁地跪倒在地。她的魔力只剩三十六。

「妳衰退了呢，歐蘿拉。抑或是我變強了？」

「……只是因為這個肉體太虛弱了。」

下一刻，血牙將克萊兒打飛。

「嗚咕……！」

雖然勉強避開致命傷，但是已經沒有餘力擺出受身姿勢，就這麼落地滾了好幾圈。

然後雙眸從紫色變回紅色。

「你竟然把克萊兒……！」

亞蕾克西雅發動攻擊。

她竭盡全力做出最精簡俐落的動作。但是芬里爾的劍技遠遠凌駕於她。

亞蕾克西雅雙眼所見的，是鮮紅的殘像。

她的劍在下一秒化成碎片。
「啊……啊啊……」
「劍技是需要逐漸積累的東西……超越千年的極致，終究遙不可及。」
如此說道的芬里爾以雙手將劍高舉過頭。
「我的……劍……」
看著愛劍的碎片，過往的屈辱記憶在亞蕾克西雅腦中復甦。
因為不想再次嘗到悔恨的滋味，她努力鍛鍊至今。然而無論多麼努力積累經驗和技術，劍技的極致依舊遙遠不已。
亞蕾克西雅的眼角浮現淚光。
「——結束了。」
芬里爾揮下高舉的血牙。
就在這時，一陣破空聲傳來。芬里爾停下攻擊的動作，迅速和亞蕾克西雅拉開距離。
「喀！」一支鋼筆插進地面。
「什麼人？」
「你是……」
來者是眼神給人感覺很差的平凡男學生鈴木。
「妳沒事吧？」
他緩緩走近，拔起刺進地面的鋼筆。

「亞蕾克西雅公主，請過來這裡。」

隨後跟來的克莉絲汀娜示意亞蕾克西雅退到後方。

「我、我還能打……」

「太勉強了。妳已經沒有魔力了。」

不知不覺中，亞蕾克西雅的魔力殘餘量已經不到一〇〇。她不甘地咬住下唇望向鈴木。

「芬里爾很強。光憑他一個人無法應付。」

「但是我不覺得鈴木會輕易輸給他。」

開口的克莉絲汀娜雙眼看起來澄澈無比。一旁的鈴木獨自和芬里爾展開對峙。

「我再問一次。你是什麼人？」

芬里爾直直盯著鈴木問道。

「我叫鈴木，是米德加魔劍士學園的高一生。」

鈴木旋轉著手中的鋼筆回答。

「普通的學生嗎……」

芬里爾突然以血牙使出一記橫砍。柔韌有如鞭子的鮮紅刀身掃過鈴木的瀏海。

「身為一名普通的學生，你對攻擊範圍的理解倒是很透徹。」

「攻擊範圍？你在說什麼？」

鈴木帶著若無其事的表情往前走。

他已經踏進芬里爾的攻擊範圍。芬里爾犀利地瞇起雙眼。

「叩！」鈴木的腳步聲聽起來分外響亮。

腳步聲再次響起。

下個瞬間，血牙發動連續攻擊。

鮮紅的殘像以驚人的速度從四面八方落下。每一刀的動作都流暢而美麗，宛如讓人看得入迷的舞步。

站在中央的鈴木舉起鋼筆。

他以左右手的指縫各夾住四支鋼筆，看起來就像配戴鉤爪。

筆尖閃耀著金色的光輝。

鮮紅劍舞和金黃光芒交會。

鏗、鏗、鏗！幾近無數的金屬交錯聲接連傳來。

鮮紅殘像和金色光芒在霧中共舞。

「好厲害……」

亞蕾克西雅茫然低語。

芬里爾的劍技，無疑和最強魔劍士的身分相符。不過光用鋼筆就能與他交手的鈴木，實力同樣高深莫測。

就算是跟米德加王國的近衛騎士團，或是貝卡達帝國的七武劍相比也毫不遜色。不，別說是遜色了……

「太強了……」

克莉絲汀娜不禁喃喃自語。

正如她所言，鈴木的實力遠遠超出學生所能觸及的領域。

「他到底是什麼人？」

亞蕾克西雅會湧現這樣的疑問也是理所當然。

「我不清楚。不過他身負重責大任，有非得完成不可的使命在身……鈴木是這麼說的。」

「使命……為此而存在的力量……」

亞蕾克西雅緊緊握拳。

「克萊兒小姐，妳沒事吧？」

克莉絲汀娜將倒在地上的克萊兒攙扶起來。

「還、還行……現在是鈴木同學在戰鬥吧。」

克萊兒帶著痛苦的表情開口。

「這不是我們能夠參與的戰鬥。就在一旁觀戰吧。」

「說得也是……」

克萊兒按住自己烙印魔法陣的右手手背。

芬里爾和鈴木在霧中的戰鬥依然持續。

戰況開始慢慢分出優劣。

黃金光芒逐漸遭到鮮紅殘像壓制。在霧中泛著光芒的鋼筆筆尖正在一點一點往後退。

原因在於雙方攻擊範圍的差異。

芬里爾的血牙遠比一般刀劍來得長，鈴木的鋼筆則是完全無法與刀劍的長度相提並論。
因此現在是芬里爾單方面進攻、鈴木單方面防守的狀況。
「勝負已定。你也是一心追求武藝之人，想必很清楚你我之間無法彌補的差異吧？」
在連續攻擊告一段落的短暫間隔，芬里爾的話聲響起。
「真是如此嗎？」
鈴木朝地面一蹬，躍上空中。
然後舉起鋼筆，朝芬里爾射去。
八支鋼筆發出黃金色的耀眼光芒。
「無謂的垂死掙扎——」
芬里爾一邊後退，一邊用血牙打落鋼筆。
雖然有幾支鋼筆掠過他的身體，但也只留下小小的擦傷。武器脫手的鈴木已經無計可施。
本應是如此才對。
「什麼！」
空中的鈴木再次掏出八支鋼筆。
「絕技『黃金暴雨』。」
然後接連將這些鋼筆射出。
有如雨點般落下的光芒襲向芬里爾。
「要小聰明——！」

不過芬里爾的劍技同樣超出常理。

他以流暢動作迴避宛如雨滴的鋼筆，判斷閃不過的時候再以血牙打飛。

金色雨點沒能擊中芬里爾，只是紛紛落地。

黃金雨停歇了。

不計其數的鋼筆刺在地面。

被這些鋼筆包圍的芬里爾一動也不動。不，他是動彈不得。

「將軍。」

因為鈴木已經來到他的身後。

「鋼筆只是障眼法啊。」

「有句諺語是『筆更勝於劍』吧。」

鈴木將一支鋼筆抵住芬里爾的頸子。

「敗給你了。久違地遇上能陪自己玩玩的對手，讓我開心不已，好像有點玩過頭了。這是老人家的壞習慣——」

「少鬼扯了。」

沒等芬里爾說完，鈴木便將鋼筆刺進他的頸子。

被筆刺穿的頸子瞬間血流如注。

「咳咳……！年輕人就是急性子。老人家說的話可要好好聽到最後。」

芬里爾瞪大鮮紅的雙眼。

從體內滿溢而出的強大魔力瞬間將鈴木炸飛。頸子上的傷口也像時光倒轉那樣癒合。

「遊戲結束了。先從小嘍囉開始收拾吧……」

芬里爾轉頭望向亞蕾克西雅等人。他選擇三人之中的克莉絲汀娜作為第一號獵物。

「啊……！」

被那雙鮮紅眸子盯上，克莉絲汀娜的背脊竄起一陣寒意。至今為止不曾感受過的強大氣場，幾乎將她壓垮。

「再見了，小妹妹。」

紅色斬擊朝著克莉絲汀娜揮下。

她只能茫然看著死亡襲向自己。

就在血牙即將把克莉絲汀娜砍成兩半時，一個人影衝到她的面前。

對方伸手擁住她，代替她承受這一擊。

血花四濺。

「鈴木……你……！」

那個人影正是鈴木。

「妳沒事就好……咳咳！」

鈴木嘔出大量鮮血。

「鈴木！鈴木，你還好嗎？為什麼要保護我……！」

「有件事無論如何都得向妳道歉……」

一張嘴被鮮血染紅的鈴木這麼回應。

「不用跟我道歉了。比起這種事，你的傷——！」

「不，我非得現在說不可。因為我……」

「——咦？」

「……其實不是鈴木。」

鈴木的聲音變了。

變成宛如來自深淵的低沉嗓音。雙眼也變得鮮紅。

「鈴木已經死了。我真正的模樣是——」

插在地上的無數支鋼筆開始溶解。

鋼筆化為黑色史萊姆，包覆鈴木的肉體。

「鈴、鈴木……」

面對眼前的異樣景象，克莉絲汀娜等人不禁往後退。

包裹鈴木的黑色史萊姆詭異蠢動，讓他現出原形。

「吾名闇影。乃潛伏於闇影之中，狩獵闇影之人……」

身穿一襲黑色長大衣，將頭上的帽兜拉得很低的男子一邊拔出漆黑魔劍一邊開口。

「闇影！」

亞蕾克西雅的聲音十分錯愕。

「闇影……」

克莉絲汀娜也相當吃驚。然而仰望闇影的她，似乎同時感受到自己的心跳變得劇烈。

「闇影啊。我有猜到你八成會現身……」

芬里爾看起來絲毫沒有為此感到動搖。他以高漲的魔力和闇影對峙。

「你假扮成學生，靜待我露出破綻嗎？真是大意不得的男人。」

「沒什麼，只不過是餘興節目。」

「少裝蒜。哪來如此費心費力的餘興節目，我可沒有衰老到無法看穿你的意圖。」

「……哦？」

「人們會為了隱瞞不願被他人知曉之事而說謊。謊言之下隱藏著真相。」

「有道理。」

「你刻意假扮成學生，不但能避免和我正面交鋒，還能窺探我的破綻。這種行為背後的真相是警戒。你試圖以名為餘興節目的謊言，掩飾自身對我的恐懼。」

「呵……別逗我笑了，老人家。」

「倘若真是如此，那就太遺憾了。名為闇影的男人究竟擁有何等的實力？經歷漫長年月的我練就了終極之劍，你會是超越我的想像的男人嗎——我原本還有些期待的。」

如此說道的芬里爾舉起血牙。

「要試試看嗎？」

闇影稍微舉起漆黑魔劍。

「我原本就有此打算。」

芬里爾蹲低身子，將血牙大幅往後拉，側身面對闇影。

「可別讓我失望了，闇影。」

下個瞬間，芬里爾的身影消失在白霧之中。

「古流劍術奧義——空蟬。」

芬里爾出現在闇影身後。

揮下血牙的他依然擺出放鬆卻不失警戒的「殘心」架勢。

「哦……擋下了嗎？」

芬里爾以樂在其中的語氣開口。

闇影的長大衣出現一道裂痕。那是芬里爾留下的爪痕。

「我曾經與神速之劍交手過無數次。但是你的劍……很慢。」

闇影一邊修復長大衣上的裂縫，一邊轉身。

「光是剛剛那一擊，就能發現我的劍很慢嗎？」

芬里爾的周遭再次湧現白色濃霧。

「……真令人感興趣。」

闇影靜靜觀察芬里爾的魔力流向。

下個瞬間，芬里爾再次消失蹤影。闇影的長大衣出現另一道裂痕，而且比剛才的更深。

「又擋下了嗎？」

芬里爾在闇影背後擺出殘心架勢。

「果然很慢。」
闇影以手輕撫長大衣，修復上頭的裂縫。
「你看得見空蟬？」
「只看得到你使出這招前一刻的動作。」
「既然如此為何能夠擋下？」
「在刀刃觸擊到我的瞬間往後退。僅只如此而已。」
「柔術啊。我聽說過有能像柳樹那樣化解所有攻擊的武術。」
「我沒學過柔術。」
「那就是天生的資質。」
「不是那麼了不起的東西。」
「不然又是為何？」
「修練。」
「哦……此乃武藝之真理呢。」
語畢的芬里爾再次蹲低身子，舉起血牙。
「既然這樣，你就接下老狼的修練成果吧。」
白色霧氣又在他的身旁打轉。
「……原來如此。」
闇影對著空無一人的空間揮劍。

「——精彩。」

芬里爾的身影消失。

下個瞬間，芬里爾出現在闇影身後，肩膀湧出汩汩鮮血。

「……被你看穿了嗎？」

芬里爾按著肩膀上的傷口問道。

「不，我只是追蹤魔力流向。」

「是嗎……原理被看破了啊。」

「空蟬是由魔力創造的殘像。必須將自身氣息削減至極限，因此伴隨劍速減緩的弊病。」

「正是如此。在你注視著空蟬之時，我早已揮下劍。真虧你能夠破解。看來謠傳中的實力貨真價實。」

芬里爾轉身，再次擺出備戰架勢。

「你還打算繼續嗎？」

「當然。我一直引頸期待這樣的一天到來。沒有比試探自身修練成果更愉快的瞬間了。獨自一人揮劍也毫無意義。」

他大幅揮動血牙。

「這是從空蟬昇華的奧義。接招吧，闇影。」

芬里爾揮下血牙。

然而闇影早在揮刀之前避開。

白色霧氣被一刀兩斷，地面出現刀痕。隔了半晌，宛如鞭子的血牙來襲。

這場順序顛倒的攻防戰，因芬里爾的精湛劍技再次加速。

血牙的數量增加。

一把、兩把、三把……每當芬里爾揮下血牙，數量便就跟著增加，最後來到九把之多。

舉起九把血牙的芬里爾笑道：

「此乃極致之劍——空蟬血牙。」

九把劍從四面八方同時襲向闇影。

「哦……」

闇影吐出一口氣。

「出現在視野中的劍刃都是殘像嗎？」

他以放棄的模樣閉上眼睛。

下個瞬間，九道斬擊在他身上狂舞。

往右、往左、往上、往下——有如粗魯玩弄洋娃娃般，芬里爾的劍無情落在闇影身上。

「闇影——！」

「闇影先生！」

亞蕾克西雅和克莉絲汀娜尖叫吶喊。闇影受到的攻擊就是如此激烈。

芬里爾俯瞰著闇影無力倒地。

後者的手指動了一下。

「……結束了嗎？」

開口的人是闇影。

「完全沒能傷到你呢。」

芬里爾如此回應。

簡直像是勝者和敗者反轉的不可思議對話。

芬里爾朝著倒地的闇影揮下血牙。

血牙輕易將闇影一刀兩斷，並在地面留下深深的刀痕。然而闇影的身體沒有流出半滴血。

不僅如此，他的身體還緩緩消失。

「殘像嗎……」

似乎死了心的芬里爾喃喃自語。

「見識到珍貴的劍技了。」

白霧中傳來人聲。

叩、叩、叩。九個闇影隨著九個腳步聲現身。

「只看過一次就……」

芬里爾不禁屏息。

揮舞九把漆黑魔劍，宛如九條黑龍在霧中舞動。

「精彩！」

芬里爾的嗓音帶著歡喜之情。

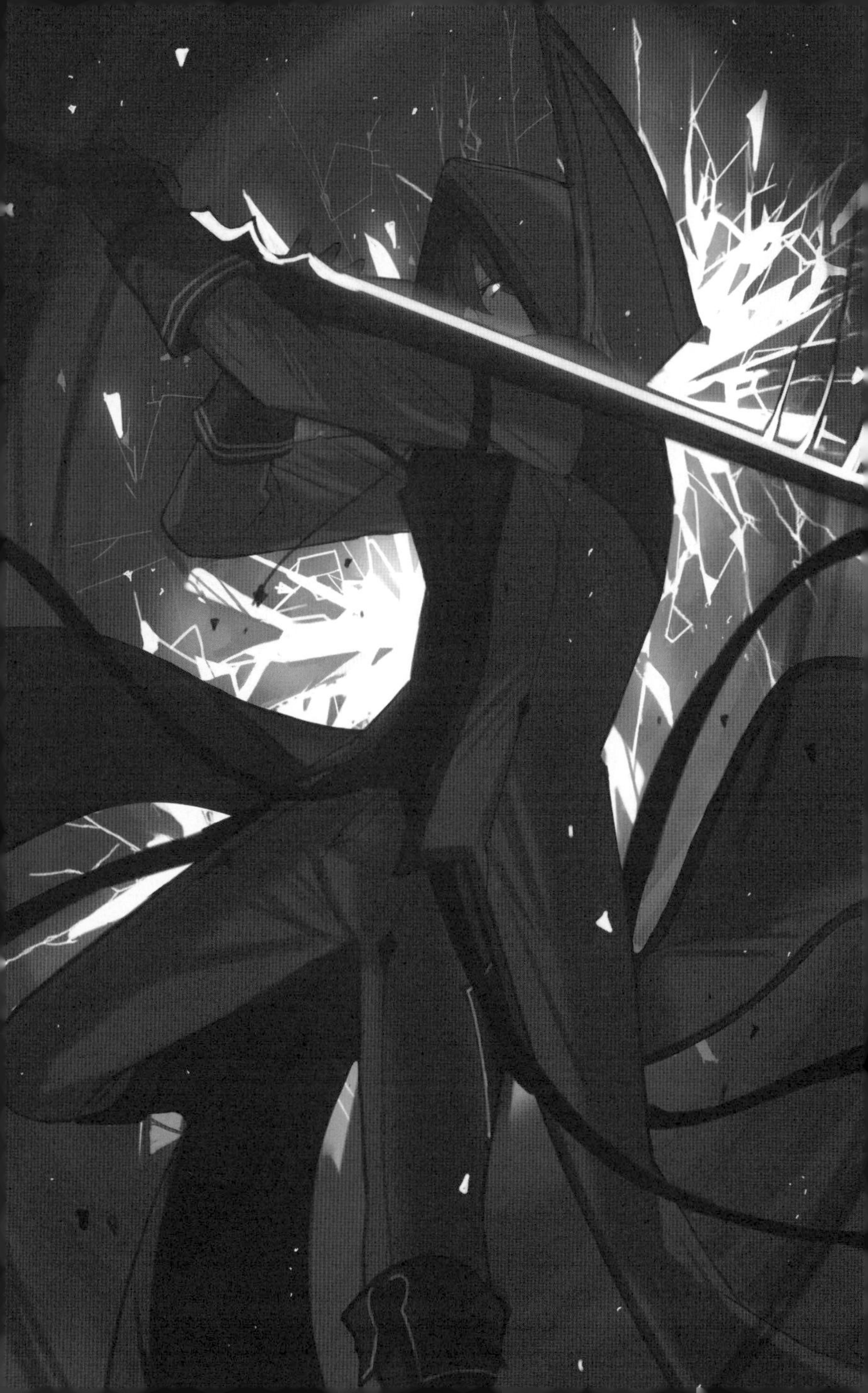

「奧義——空蟬亞斗美吊苦。」

隨後，九條黑龍襲向芬里爾。

第一條咬爛他的右手，第二條咬爛他的左手。

第三條啃碎他的右腳，第四條啃碎他的左腳。

第五條和第六條將他的身體一分為二。第七條貫穿胸口，第八條咬斷頸子。

最後的第九條——叼住他的頭顱。

「還有一口氣啊。」

闇影朝著第九條龍叼著的頭顱開口。

「咳咳……在最後……能見到武藝的頂點……你讓我見識到好東西了。」

芬里爾以沙啞的嗓音如此說道。

「武藝的頂點並不存在。」

闇影冷冷回應。

「這是什麼話，你就是……」

「頂點上方還有更加登峰造極的頂點。僅只如此而已……」

「什……」

「以為自己抵達頂點之人，就會放棄繼續往上。」

「這樣啊，所以我……」

芬里爾臉上浮現後悔的神色。

「……頂點尚不可及。」

第九條龍闔上嘴。

芬里爾的頭顱就此粉碎。闇影轉身走向白霧深處，一身漆黑長大衣的下襬在空中飄揚。

「等……等一下，闇影！」

聽到亞蕾克西雅的叫喊，闇影在霧氣之中止步。

「告訴我！你到底是誰？你為了什麼而戰？」

亞蕾克西雅靜靜等待他回答。

但是闇影沒有開口，只是一直背對著她。

「我想守護這個國家！我不希望自己重視的人傷心難過！我決定要為此而戰！你呢？我們可以相信你嗎？」

「我應該說過了……別和吾等扯上關係。」

「現在不是說這種話的時候！我們可是拚了命在戰鬥！看在你這麼強大的人眼中，這或許只是不足為道的小問題。我們或許只是不值一提的存在。可是……就算是我這麼弱小的人，也很努力試著活下去！」

闇影緩緩轉身。

他以一雙血色眸子直直望向亞蕾克西雅。

「吾等會為了自身的目的，排除前方的障礙。僅只如此而已……」

他以宛如來自深淵的低沉嗓音回應。

「你們的目的又是什麼……闇影，你打算對這個世界做什麼？」

聽到亞蕾克西雅的問題，闇影首次出現表情變化。

他輕笑一聲。

然後舉起漆黑魔劍，朝濃霧中的某個詭異裝置使出一記橫砍。

一道金屬交錯聲傳來，裝置就這麼一刀兩斷。

「項圈……」

這才發現亞蕾克西雅和克萊兒頸子上的項圈跟著碎裂。

「闇影！」

亞蕾克西雅轉過身，但是那裡已經不見闇影的身影。他沒留下半點蹤跡，徹底消失了。

「要是我更強一點……」

她忍不住用力握拳。

「克萊兒小姐……妳還好嗎？」

克莉絲汀娜攙扶克萊兒起身。

「嗯……還好……」

克萊兒以手按著腹部回應。看來她或許得接受治療。

「亞蕾克西雅公主，我們趕快離開這裡吧。不知道出口往哪裡……」

這時，霧中傳來一陣腳步聲。

「喂～終於找到妳們了……！」

身型嬌小的少女妮娜朝著她們跑來。

「妮娜……太好了。妳跑到哪裡去了？」

儘管克萊兒看起來很痛苦，妮娜的出現仍讓她展露笑容。

「抱歉抱歉。小妹好不容易逃離艾薩克同學的魔掌，之後卻迷路了。不過發現出口嘍。」

妮娜指著出口的方向，「欸嘿嘿！」靦腆地笑了。

「太可靠了。我們走吧。」

語畢的亞蕾克西雅轉過身。同一瞬間，妮娜俐落地採取行動。

先倒地的人是亞蕾克西雅。隨後克萊兒和克莉絲汀娜幾乎同時倒地。

妮娜對她們使出了速度快得驚人的手刀。

看著昏迷倒地的三人低聲說道：

「這個任務真是吃力不討好呢。」

輕輕嘆了一口氣後，她換個語氣對著眼前的濃霧開口。

「準備工作完成了……潔塔大人。」

於是金髮獸人以及粉金色長髮的少女便從霧氣之中現身。

「辛苦了。妳也加入闇影庭園如何呢？」

維多莉亞如此詢問妮娜。

「如果只是編號者應該馬上能勝任。不過……」

妮娜帶著困惑的表情窺探潔塔的反應。

「妮娜不要加入闇影庭園比較好。因為能單獨行動，才能趁大家掉以輕心時下手。」

潔塔如此說道。

「那麼，我就一如往常行動。」

「嗯。妳繼續跟克萊兒大人當好朋友，直到那一刻到來為止……」

「……是。」

妮娜將史萊姆變形成一襲白色長袍，把頭上的帽兜拉低，然後抱起暈過去的克萊兒，走向位於聖域最深處的大門。

她依照潔塔的指示，將克萊兒固定在刻有古代文字的台座上。

對台座注入魔力後，大門左右兩側的火炬竄出火焰。

「到此已經無法回頭了。」

妮娜出聲提醒潔塔。

「嗯。」

「可是，阿爾法大人的方針是……」

「阿爾法太天真了。她的作法只會讓邪惡之人再次變得猖狂，讓這個世界重蹈覆轍。所以必須由吾等來支配世界……為了不讓錯誤重演。」

潔塔凝視台座上的火焰回應。看起來彷彿是在搖曳的火光之中，描繪未來的理想圖。

「得到長生不老的力量後，闇影大人會成為新世界的神。這個世界不需要聖教。我們會成為全新的教派。」

興奮到雙眼閃閃發光的維多莉亞如此說道。
「……這麼做真的好嗎？」
「這是吾等的使命。」
這麼低語的潔塔對台座注入魔力。
台座上的文字開始跳動，然後與鎖鍊封印的大門相連。
鎖鍊為之發光，同時發出金屬摩擦聲。
「咕嗚——！嘎……！」
被固定在台座上的克萊兒一陣抽搐。
表情痛苦扭曲的她一面瞪大鮮紅的眼眸，一面發出淒厲的吶喊。
「啊啊啊啊！啊啊啊啊啊啊啊！」
「克萊兒！」
妮娜連忙趕到克萊兒身邊。
「潔塔大人！克萊兒她……！」
「只是排斥反應而已。馬上就會鎮定下來。」
「可是……」
「想控制復活的迪亞布羅斯，她的肉體不可或缺。」
大門的鎖鍊開始碎裂。
克萊兒的右手浮現看起來十分危險的另一個魔法陣。

「啊啊啊啊啊啊啊啊啊啊啊啊啊啊啊啊啊啊啊啊啊啊啊啊啊啊！」

克萊兒發出長嘯。

同時最後一條鎖鍊粉碎，最深處的大門跟著敞開。

裡頭空無一物。有的只是彷彿無邊無際的一片黑暗。

克萊兒的魔法陣發出強烈光芒。

「成功了呢。」

維多莉亞露出妖豔笑容。

「右手和左手湊齊了。妮娜，妳繼續待在克萊兒大人身邊監視她。」

潔塔開始細細研究克萊兒手上的魔法陣。

「潔塔大人……這就是您的選擇嗎……」

替昏厥的克萊兒擦汗的同時，妮娜輕聲開口。

「阿爾法和我……妳總有一天會明白何者的選擇正確。」

如此說道的潔塔轉身踏出步伐。

「在那個時刻到來前，吾等將持續潛伏於闇影之中……」

她的身影消失在深邃的黑暗裡。

我來到一個純白的空間裡。
久違的高水準戰鬥和完美的角色扮演，讓我心滿意足。
那個爺爺級恐怖分子的劍法，著實令人感興趣。所謂薑是老的辣，就是這麼一回事嗎？
因為很帥氣，我抄襲了他的招式，也因此為這場戰鬥劃下最精彩的句點。
在戰鬥中學習敵人的招式再加倍奉還，也別有一種浪漫。
此外，鈴木同學的活躍也值得讚賞。
假扮成他的行動，想必又加深了闇影這個角色的深度吧。神出鬼沒，有光必有影，這正是影之強者的概念。
思考這些事時，我不知不覺來到這個地方。
「這裡是……」
我環顧周遭。
我記得這裡。是之前跟年幼紫羅蘭小姐相遇的地方。
「嗨，又見面了。」
在這個純白空間的正中央，有個以雙手環抱雙腿，身子縮成一團的年幼少女。
她的全身上下滿是傷痕。
「……妳還好嗎？」
為了替她療傷，我將魔力注入她的身體。
「嗚嗚……」

少女抬起頭。

她的臉被血淚染成紅色。

「……謝謝你。」

「不客氣。發生什麼事了？」

「沒什麼。這是家常便飯。」

「這樣啊。」

「嗯。」

抬頭仰望我的她露出微笑。

「終於見到你了，大哥哥。」

「終於？」

「因為在中心部分，我的力量比較強。」

「唔……對了，這個給妳。」

我邊說邊從懷裡掏出紅色寶石。

「這是妳很珍惜的東西吧？」

「……可以嗎？」

「一億戒尼。等妳出人頭地再付就好。」

「謝謝你。」

少女接下我遞給她的紅色寶石。

「我一直在等這個。」

「這樣啊。可以問一下這是什麼東西嗎？」

「這個啊……」

少女笑了。

她的嘴角有如新月一般上揚。

「這是……我的……」

少女的面容扭曲得宛如怪物那般醜陋，駭人的魔力從她的體內竄出。

純白空間被染上一片黑。

少女輕輕蠕動唇瓣開口：

『惡意。』

雖然沒聽見聲音，但是少女確實這麼回答了。

接著，強大的負面情感開始打轉。

男人、女人、老人、孩子陸陸續續現身，對少女表現出鄙視的態度。然而就在下個瞬間，他們全都被來路不明的怪物化成粉碎的肉塊。

這樣的光景重複了數百、數千次，回過神來發現自己佇立在學園頂樓。

這裡是我第一次遇見年幼紫羅蘭小姐的地方。

我望向遠方緩緩西沉的夕陽。

這是一如往常的和平學園。

「唔……是不是不要把那顆寶石交給她比較好？」

我微微偏著頭。

銀髮少女用鮮紅眸子俯瞰校園。

「經過一番調查後，騎士團只有取得學生的證詞，沒有發現任何證據……」

她靠著空教室的窗框唸唸有詞。

「那麼，妳為什麼把我找過來呢？」

除了她以外，教室裡還有另一名看起來平凡無奇的黑髮少年。

「因為你也是相關人士。」

「我都說了，事件發生的當下，我在宿舍裡睡大頭覺，所以什麼都……」

「在那之後，只有克萊兒一直昏迷不醒啊。騎士團想要深入了解這方面的情報。」

「噢，妳說姊姊的事啊。但是我完全沒有頭緒，所以也無可奉告呢。」

「我想也是。因為你真的一無所知。無論是這個世界正在發生的事，或是這個世界的黑暗有多麼深不可測……」

如此說道的銀髮少女輕笑出聲。

「所以就算問我也沒用啊。」

「騎士團也不認為能從你這裡探聽到什麼。只是走個形式。」
「……那就好。」
黑髮少年有些不滿地回應。
寒冷的北風從窗外吹來，少女美麗的銀色髮絲在風中飄揚。
「好冷喔，可以把窗戶關上嗎？」
「欸，波奇。」
銀髮少女無視黑髮少年的要求，自顧自地說下去。
「你真的一直過得很和平，我好羨慕。」
「妳是在挖苦我嗎？」
「不。我只是真心期望世界和平。」
「我不懂妳在說什麼。」
聽到黑髮少年這麼說，銀髮少女微笑以對。
教室外頭傳來呼喚黑髮少年的聲音。
「騎士團的人在叫我了。我先走了，再見。」
黑髮少年將手伸向教室大門。
「欸，波奇。」
銀髮少女喚住他。

「……你有想過要長生不老嗎？」

「超想的。」

少年以極為俐落的動作轉頭望向少女。

「這、這樣啊。」

「如果能夠長生不老，要我毀滅世界都沒問題。」

「是我問錯人了。」

「要是發現長生不老的方法，請務必告訴我。」

一本正經地回答之後，黑髮少年步出教室。

獨自留在教室裡的銀髮少女輕聲嘆息。

「長生不老啊……但是闇影跟波奇這種凡夫俗子不同。倘若闇影也想追求長生不老，這個世界將會……」

銀髮少女抬頭仰望天空。

雲層籠罩的灰色天空在眼前無盡延伸。

Not a hero, not an arch enemy,
but the existence intervenes in a story and shows off his power.
I had admired the one like that, what is more,
and hoped to be.
Like a hero everyone wished to be in childhood,
"The Eminence in Shadow" was the one for me.
That's all about it.

# The Eminence in Shadow

I can't remember the moment anymore.
Yet, I had desired to become "The Eminence in Shadow"
ever since I could remember.
An anime, manga, or movie? No, whatever's fine.
If I could become a man behind the scene,
I didn't care what type I would be.
Not a hero, not an arch enemy,

The Eminence in Shadow
Volume Five

Appendix

# 補遺

# Zeta

「所有的罪孽就由我來承擔」。

（姓名）潔塔
（性別）女
（年齡）17

=Zeta

「七影」第六席的金豹族少女。
個性沉靜不愛說話。
能靈活運用刀劍與環刃等各式武器戰鬥，擁有足以被稱為「『天賦』的潔塔」的優異才能。但是因為喜新厭舊，不擅長將單一技巧磨練至極致。
在「闇影庭園」中，感官能力過人的她是名活躍的間諜，在各地都擁有獨立的情報網和部下。

# Eta

（姓名）希妲
（性別）女
（年齡）17

「闇影睿智的發展
必定會伴隨犧牲啊。」

=Eta

「七影」第七席的精靈少女。
沉默寡言，怕麻煩，喜歡睡懶覺。是「闇影庭園」中主要負責研究開發的成員，發明了以「闇影睿智」為基礎的各式物品。擁有「為了研究可以不惜犧牲一切」的瘋狂一面，相當執著於「闇影睿智」的分析研究。
基於「希妲能夠為了少數最喜歡的東西，果斷捨棄其他的一切。她的人生觀跟我有點類似」這樣的理由，席德對希妲懷有莫名的親近感。不過因為渴求「闇影睿智」的她實在太過纏人，席德對待她的態度很隨便。

「我借妳一些力量吧。」

（姓名）歐蘿拉

（性別）女

（年齡）??

=Aurora

有著紫羅蘭色眼眸的神祕美女。

擁有能夠在跟席德交手的同時與其對話的實力，席德也親切地稱呼她「紫羅蘭小姐」。

然而真實身分是一千多年前人稱「災厄魔女」的魔女。本體似乎被封印在某處，導致她的行動受限，目前有部分意識寄宿在克萊兒體內，能夠以「幽靈小姐」的身分和克萊兒對話。在克萊兒陷入危機時也會將力量借給她，但是時常耗盡克萊兒的魔力。

Nina

（姓名）妮娜
（性別）女
（年齡）18

「這個任務
真是吃力不討好呢」。

= Nina

米德加魔劍士學園的高三生，跟克萊兒是好朋友。自稱是「小妹」。
儘管個子嬌小，身材卻相當姣好，穿著打扮也會刻意凸顯這一點。很照顧席德，經常在學校餐廳請他吃飯。只要席德開口，幾乎會滿足他的一切要求。
諸如潛入禁書區把禁書帶出來、替他寫作業、製作考試小抄等等……真實身分是潔塔私人的部下，為了執行任務而待在克萊兒身旁監視她。沒有加入「闇影庭園」獨自採取行動。左胸有一道很深的神祕傷疤。

# 「希妲的研究日誌」

著 希妲

為了報告，阿爾法大人要求我開始寫研究日誌。

雖然很麻煩，但是如果可以增加研究經費，我倒是樂意之至。

要寫些什麼好呢。

昨天花了十二小時睡覺，十一小時做研究，一小時做其他雜事。我想應該是這樣。

還有……嗯～關於貝塔從異世界帶回來的東西。

那些都壞了。我想應該是電磁波的影響。

雖然憑藉現在的技術無法修好，但是將來有可能做得到。大概二十年以後吧？

與其花費工夫修理，運用魔法技術打造類似的東西應該更快。這麼做所需的費用也比較少。需要檢討。

*journal*

比起這些物品本身，它們使用的素材更加有用。根據我的分析結果，那些金屬不但輕巧，同時具備一定的強度。運用吾等的技術就能輕易加工。祕銀合金感覺也很有趣。

此外，我目前還在分析將石油和樹脂加工而成的素材。可以期待更進一步的技術革新。大概是這樣。

然後，關於貝塔帶回來的異世界生命體。

比起精靈還有獸人，她的身體構造更近似於人類。擁有魔力，但是魔力回路尚未成熟。儘管相似，卻絕非完全相同。讓人深感興趣。

我原本打算解剖，結果被貝塔阻止。真可惜。我明明可以在不殺死她的狀態下解剖的。

闇影睿智的發展必定會伴隨犧牲。

吾師會遠赴異世界，想必就是為了將這些睿智結晶帶回來。絕不能辜負吾師的這份心意。吾師要求解剖異世界生命體。所以我要申請解剖許可。

分析異世界的睿智結晶之後，就能明白吾師所言再正確不過。

——過去吾師曾說過：「所有知識都是串連在一起的。」

只要技術正確發展，最終必定會抵達同一個目的地。魔法技術是吾等比較優秀，科學技術則是異世界比較發達。不過兩者有許多部分都是相通的。

吾師獨自察覺這個事實，然後將形形色色的睿智賜予吾等。與吾師的睿智相比，我過去在精靈古都學習到的知識只不過是不夠成熟的東西。

吾師的腦袋究竟是什麼構造呢？這是我目前面對的最大謎題。

好想解剖他。

但是不可能。藥物對吾師起不了作用。就算在咖啡裡混入屠龍祕藥，他在喝下之後也只說了「很高雅的苦味……」之類的感想。他應該有發現我加了祕藥才對。

哪像貝塔，只是在飲料裡摻了一點藥就讓她嚎啕大哭，還把身上衣物脫個精光。弱斃了。

趁吾師睡覺時下手也行不通。偷襲也沒用。完全沒有破綻。

正面進攻的方式更不可能成功。

唔～太遺憾了。總有一天，我一定要……

啊，她剛好捎來報告了。

journal

哦～計畫進行得很順利啊。不過怎麼樣都無所謂。我只要能自由自在做研究就好。

吾師好像會暫時待在米德加王國。又有一陣子見不到他了。好想跟他聊闇影睿智的話題。

關於米德加王國的貪汙議員，還有日漸墮落的騎士團。吾師是否想對他們下手了呢？

吾師打算採取什麼行動？他會打造一個讓米德加王國脫離教團魔爪的契機，抑或是直接破壞一切，從零開始重建呢？這兩個選擇感覺都很有趣，不過吾師畢竟是很溫柔的。換作是我，大概會因為嫌麻煩，乾脆把米德加王國夷為平地。

……寫得有點膩了。

不過都寫了這麼多內容，阿爾法大人一定會大幅提高我的研究經費。

呵呵呵……睡吧。

# 後記

POSTSCRIPT

非常感謝各位購買《我想成為影之強者！》第五集。不好意思，讓大家久等了。

距離上一集出版已經過了一年半以上的時間。這段期間進行了很多企畫。例如電視版動畫化，以及遊戲化等等。

本書出版的二〇二二年十二月，電視版動畫正在好評播放中。身為原作者的我也有參與製作，最後製作出來的動畫真的非常棒。

我想在這個地方向動畫相關工作人員們表達謝意。真的非常感謝大家。

此外，本作的手遊企畫「我想成為影之強者！Master of Garden」也在暗中進行中。以分量滿滿的故事來描繪七影如何活躍的「七影列傳」，由我負責監修所有的故事內容。至於能體驗本篇故事的主線劇情，在我強人所難的要求下，加入了全新創作的劇情。

遊戲目前已經開放下載。

裡頭收錄了大量原作無法一一交代的故事，如果大家願意玩玩看，我會很開心的。

我也想在這裡向遊戲開發人員們表達謝意。真的非常感謝大家。

此外人物模型的企畫也定案了。預計會推出阿爾法和貝塔的模型。成品也是精美至極。另外也確定會有許多商品化的企畫。在這一年半裡真的發生了很多事。

在這樣的情況下，面對遲遲沒有動靜的第五集，像是在跑兩人三腳那樣給予支援的責編大人。以及總是替我描繪出最完美的插圖，將《我想成為影之強者！》的世界化為現實的東西老師。以精緻設計讓本書更添一分色彩的BALCOLONY的荒木大人。以及耐心等待本作出版的各位讀者。我在這裡表達衷心的感謝。

真的非常謝謝大家！

……最後，為了避免第六集像第五集拖這麼久才出版，我正在努力執筆當中！我們下一集再見吧！

逢沢大介

# 異世界漫步 1 待續

Kadokawa Fantastic Novels

作者：あるくひと　插畫：ゆーにっと

**穿越到異世界以技能漫步獲得經驗值！**
**與精靈展開悠閒的異世界旅程——**

被召喚到異世界的日本人——空，獲得的技能是「漫步」。國王在看到這個寒酸的技能後，將他逐出勇者小隊。然而，當空在異世界行走時，卻突然升級了！原來漫步技能具有「每走一步就會獲得1點經驗值」的隱藏效果！於是空展開了他在異世界的生活——

**NT$280/HK$93**

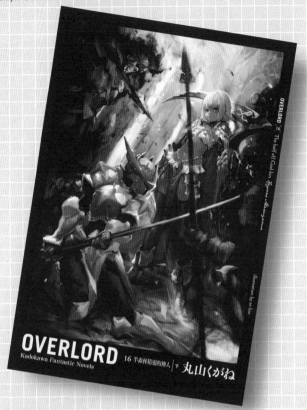

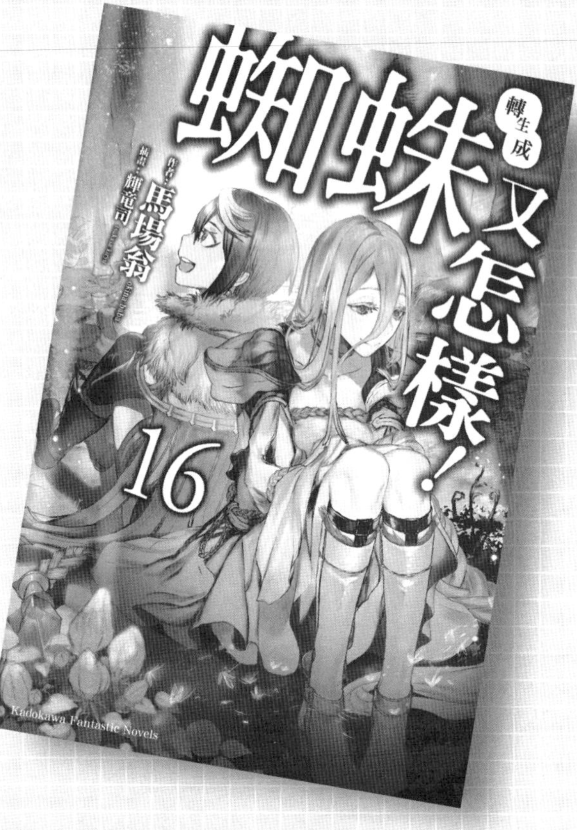


# 轉生成蜘蛛又怎樣！ 1~16（完）

Kadokawa Fantastic Novels

作者：馬場翁　插畫：輝竜司

**波瀾萬丈的蜘蛛生，**
**終於能劃上休止符……！**

要「犧牲女神拯救人類」？還是「犧牲半數人類拯救女神」？管理者D突然發布的世界任務，讓全人類陷入巨大的混亂。誓言拯救女神的魔王與白神——也就是「我」，有辦法跟想要拯救人類的黑神與身為世界最大勢力的神言教對抗嗎？

各 **NT$240~280/HK$80~93**

國家圖書館出版品預行編目資料

我想成為影之強者!/逢沢大介作 ；咖比獸譯
. -- 初版. -- 臺北市 ：臺灣角川股份有限公司,
2023.06-
冊； 公分. -- (Kadokawa fantastic novels)
譯自：陰の実力者になりたくて!
ISBN 978-626-352-598-6(第5冊：平裝)

861.57 112005501

Kadokawa
Fantastic
Novels

# 我想成為影之強者！ 5

（原著名：陰の実力者になりたくて！ 5）

2023年6月21日 初版第1刷發行
2024年3月22日 初版第3刷發行

作　者：逢沢大介
插　畫：東西
譯　者：咖比獸

發 行 人：台灣角川股份有限公司
總　監：呂慧君
總 編 輯：蔡佩芬
主　編：林秀儒
副 主 編：楊鎮遠
設計指導：陳晞叡
美術設計：宋芳茹
印　務：李明修（主任）、張加恩（主任）、張凱棋

發 行 所：台灣角川股份有限公司
地　址：104台北市中山區松江路223號3樓
電　話：（02）2515-3000
傳　真：（02）2515-0033
網　址：www.kadokawa.com.tw
劃撥帳戶：台灣角川股份有限公司
劃撥帳號：19487412
法律顧問：有澤法律事務所
製　版：尚騰印刷事業有限公司
ISBN：978-626-352-598-6